Enid Blyton • Die verwegenen 4 auf heißer Spur

D1859341

OMNIBUS

DIE AUTORIN

Enid Blyton starb 1968 im Alter von 71 Jahren. Bereits zu Lebzeiten war sie eine der beliebtesten und bekanntesten englischen Autorinnen. Es gibt wohl kaum einen Schriftsteller, der größeren Einfluss auf das Kinderbuch der Nachkriegszeit hatte. Enid Blyton liebte die Kinder in aller Welt und schrieb für sie etwa 700 Bücher, 10 000 Kurzgeschichten, viele Lieder, Gedichte und Theaterstücke.
Von Enid Blyton sind bei C. Bertelsmann bzw. OMNIBUS die folgenden Reihen erschienen: »Fünf Freunde«, »Fünf Freunde und Du«, »Die verwegenen 4«, »Die schwarze 7«, »Rätsel um …« und, als Sammelband, »Lissy im Internat«.

Enid Blyton

Die verwegenen 4 auf heißer Spur

OMNIBUS

OMNIBUS

Der Taschenbuchverlag
für Kinder und Jugendliche
von C. Bertelsmann,
München

Band 20484

Siehe Anzeigenteil am Ende des Buches
für eine Aufstellung der bei OMNIBUS
erschienenen Titel der Serie.

Umwelthinweis:
Dieses Buch wurde auf chlorfrei gebleichtem
Papier gedruckt.

Erstmals als OMNIBUS Taschenbuch Februar 1998
Gesetzt nach den Regeln der Rechtschreibreform

Die Originalausgabe erschien 1943 unter dem Titel
»The Secret of Killimooin«.

Aus dem Englischen von Ilse Winkler-Hoffmann
Umschlagbild und Innenillustrationen: Silvia Christoph
Umschlagkonzeption: Klaus Renner
bm · Herstellung: Stefan Hansen
Layout: Martin Strohkendl
Druck: Presse-Druck Augsburg
ISBN 3-570-20484-7
Printed in Germany

10 9 8 7 6 5 4 3 2 1

I
Ein erhebender Augenblick

»Fünf Minuten Verspätung hat der Zug jetzt schon«, brummte Chris und sah auf seine Uhr, »Bummelei, so was!«

Ben und Larry, die neben ihm auf dem Bahnsteig standen, stießen sich an und grinsten.

»Dein Wecker geht nach dem Mond, das ist es«, sagte Ben. »Du solltest dich lieber nach der Bahnhofsuhr richten.«

»Blödsinn«, murmelte Chris, nachdem er diesen guten Rat mit einem verstohlenen Blick in die angegebene Richtung befolgte. »Blödsinn«, murmelte er und stellte möglichst unauffällig den kleinen goldenen Zeiger seiner Armbanduhr zurück. Dann fuhr er fort: »Bin ich gespannt, was Lissy und Peggy zu der phantastischen Einladung sagen. Ich kann es überhaupt nicht mehr erwarten, bis ich ihnen erzählen kann, dass …«

»Du?«, unterbrach Ben ihn. »Wieso du? Wenn Larry uns einlädt, dann ist es schließlich auch seine Sache, es zu erzählen. Du bist ja wirklich zu …«

»Ist doch egal!« Larry lachte und fuhr sich mit einer

schnellen Bewegung über seine braune Stoppelfrisur. »Ist doch egal.«

Chris murmelte: »Ja, ja, ja, ich halt schon den Mund. Spiel dich bloß nicht so auf, Ben.«

Die Befürchtungen Larrys, der ihm von der Seite aus schmalen Augen einen kurzen Blick zuwarf, dass nun die fröhliche Stimmung verdorben sein könnte, wurden durch das Auftauchen des Zuges in der Ferne zerstreut.

»Da ist er, da kommt er!«, schrie Chris und packte Bens Arm. »Los, wir laufen nach hinten!«, schrie er und zog ihn mit sich. »Los, wir lassen ihn an uns vorbeifahren. Sie stehen bestimmt am Fenster!«

In diesem Augenblick fuhr der Zug donnernd in die Bahnhofshalle ein, fuhr langsamer und langsamer und hielt.

»Da sind sie, da sind sie!«, schrie Chris, als sein Blick an der langen Wagenreihe entlangglitt.

Die drei stürzten auf das Abteil zu, aus dessem Fenster sich die beiden Mädchen beugten, und eine Sekunde später flog die Tür auf, beide sprangen auf den Bahnsteig und Lissy fiel ihrem Zwillingsbruder Chris um den Hals, dem sie mit ihren blauen Augen und dem dunklen Haar verblüffend ähnlich sah. Sie drückte gleichzeitig Bens Hand und gab Larry einen kleinen Rippenstoß.

»Ein erhebender Augenblick, euch wieder zu sehen«, sagte sie, während Peggy, die wie gewöhnlich an einem ihrer blonden Zopfenden kaute, jammerte: »Helft mir doch, die Koffer rauszuholen.«

»Das mach ich schon«, sagte Ben und hob das Gepäck herunter.

Die drei Geschwister hingen sehr an ihm; als ihre Eltern ihn vor drei Jahren adoptierten, waren sie restlos glücklich, und auch Larry, ein amerikanischer Millionärssohn, mit dem die Kinder eine feste Freundschaft verband und der mit den Jungen dieselbe Schule besuchte, mochte ihn besonders gern.

»Ich glaube, du bist noch länger und noch dünner geworden, Larry. Was meinst du Lissy?«, sagte Peggy und sah staunend an ihm hoch. Und Chris gab ihm einen Stoß in die Seite und drängte: »Nun schieß schon los mit deiner tollen Neuigkeit. Wenn du nicht endlich anfängst, dann ...«

»Eine tolle Neuigkeit? Was für eine?«, fragten die Mädchen wie aus einem Munde.

»Ach, er übertreibt mal wieder maßlos«, wehrte Larry ein bisschen verlegen ab, »er ...«

»Wenn du nicht sofort anfängst, dann tu ich's«, unterbrach Chris ihn und versetzte ihm von neuem einen Stoß in die Rippen. »Also, bequem dich.«

Larry grinste. »Mach du nur, sonst platzt du ja noch. Außerdem würdest du mir sowieso dauernd dazwischenreden und du würdest nur ...«

Wieder ließ Chris ihn nicht ausreden, und als er sich nun an seine beiden Schwestern wandte, überschlug sich seine Stimme förmlich vor Begeisterung.

»Stellt euch vor, Larry hat uns eingeladen in ein Landhaus, das seinem Vater gehört, irgendwo auf dem Festland im Süden. Wir sollen die ganzen Ferien dort verbringen.«

»Nein«, schrie Lissy, »ist das wirklich wahr?« Und Peggy sagte nur: »Wunderbar!«

»Wir werden in einem weißen Haus am Meer wohnen«, fuhr Chris hastig fort. »Und das Land besteht fast nur aus hohen Bergen und riesigen Wäldern.«

»Und wie kommen wir hin?«, fragte Peggy beinahe flüsternd vor atemlosem Staunen.

»In Larrys Flugzeug. Er war mit seinen Eltern schon ein paar Mal da. Ranny und Mr. Potter kommen natürlich mit.«

»Im Flugzeug?« Peggy stöhnte und Ben sagte: »Wir reden und reden und kein Gepäckträger ist mehr zu sehen. Jetzt müssen wir alles selber tragen.«

»Ach wo«, sagte Lissy, »wir warten, bis einer zurückkommt. Und was sagen Vater und Mutter dazu?«

»Die haben ihren Segen bereits gegeben«, sagte Chris. »Und morgen geht's los.«

»Morgen schon?«, riefen die Mädchen. »Dann müssen wir ja sofort wieder packen, wenn wir zu Hause angekommen sind. Dort hinten ist übrigens ein Gepäckträger. He, hallo!«

Der Mann kam auf sie zu, lud die Koffer auf seine Karre und die Kinder folgten ihm zum Taxistand.

Und dann fuhren sie hinaus zum Haus der Eltern, das inmitten eines großen Gartens lag. Die Mutter stand schon an der Hecke und sah ihnen lächelnd entgegen. Nach der stürmischen Begrüßung jagten die fünf durch die Diele ins Wohnzimmer, in dem sie ganz richtig den gedeckten Teetisch vermuteten.

Für gewöhnlich sprachen sie bei derartigen Gelegenheiten von nichts anderem als von der Schule und davon, was sie im letzten Halbjahr erlebt hatten. Heute aber war es anders, nichts interessierte sie noch außer der bevorstehenden Reise, und Larry musste eine Unmenge Fragen beantworten.

»Und sehr gut benehmen müsst ihr euch«, sagte er ernsthaft, »sonst zieht ihr euch Adams Zorn zu. Adam ist der Butler«, erklärte er nach einem Blick in die verständnislosen Gesichter der Mädchen. »Er ist furchtbar vornehm.«

»Als ob wir uns nicht immer gut benehmen!«, riefen die anderen entrüstet.

»Nun, ich weiß nicht«, lächelte Mrs. Arnold.

»Als ob Larry sich besser benimmt«, murmelte Chris. »Seine schöne neue Jacke ist hin, er musste nämlich unbedingt von einem Baum aus in die Brombeeren springen.«

»In Gegenwart Adams benehme ich mich natürlich tadellos«, sagte Larry und verzog noch immer keine Miene. »Und euch wird wohl oder übel auch nichts anderes übrig bleiben. Das Beste ist, ihr sitzt rum wie die Ölgötzen.«

»Das meinst du doch nicht im Ernst?«, fragte Chris entsetzt.

»Doch, ihr müsst euch zum Beispiel jedes Mal, wenn ihr an ihm vorbeigeht, tief verbeugen.« Larry kreuzte die Arme über der Brust und verneigte sich so, dass er beinahe mit dem Kopf gegen die Tischkante stieß.

Die anderen sahen ihn entgeistert an und dann begannen Lissy und Peggy zu kichern.

»Muss gut aussehen, wenn Ben und Chris solche Verrenkungen machen«, kicherte Peggy. »Fangt nur gleich an zu üben, los, Chris, los.«

»Haha, sehr witzig«, knurrte der und starrte mit gerunzelter Stirn auf seine Schuhspitzen. »Wenn es unbedingt sein muss, werde ich eine so lächerliche Verbeugung auch noch zu Stande bringen.«

Mrs. Arnold lachte. »Nun, so schlimm wird es wohl nicht werden. Larry nimmt euch nur ein bisschen auf den Arm. Es hat jedenfalls den Anschein.«

Diese beruhigenden Worte verfehlten ihre Wirkung nicht, und als Larry nun sagte: »Ihr könnt euch natürlich so benehmen wie immer, das war doch nur Spaß«, seufzte Chris erleichtert.

»Dann ist ja alles in Ordnung, ich wäre mir entsetzlich albern vorgekommen.« Er griff nach einem Stück Kuchen und biss mit großem Appetit hinein.

»Du wirst dir den Magen verderben«, warnte die Mutter. »Wenn ich mich nicht irre, ist dies das sechste Stück, das du nimmst.«

»Jetzt müsste Betty da sein«, sagte Larry.

»Betty?«, fragte Lissy. »Wer ist denn das?«

»Unsere Köchin. Sie kocht wunderbar, und wenn man nicht genug isst, schimpft sie.«

Mrs. Arnold lachte wieder. »Ich bin auch zufrieden,

wenn es euch schmeckt, ihr müsst nur wissen, wie viel ihr euch zumuten könnt.«

Sie muteten sich allerhand zu, und als sie aufstanden, um ihre Koffer zu packen, sagte Larry mit einem Blick auf den geleerten Kuchenteller: »Betty wäre restlos glücklich.«

II
Ein langer Flug

Obwohl der anstrengende Reisetag hinter ihnen lag, waren die fünf am nächsten Morgen, als Mrs. Arnold sie weckte, sofort hellwach, denn die freudige Erwartung vertrieb jegliche Müdigkeit mit einem Schlag. Schneller als gewöhnlich zogen sie sich an, und bald saßen sie am Frühstückstisch, denn um zehn Uhr schon sollten sie am Flughafen sein, um Ranny und Mr. Potter zu treffen.

»Ich glaube, Larrys Betty wäre sehr unzufrieden mit euch«, sagte die Mutter kopfschüttelnd, während sie einen Blick auf die unruhige Tafelrunde warf. »Ihr habt ja kaum etwas gegessen.«

»Wir sind zu aufgeregt«, erklärte Peggy bereitwillig, »viel zu aufgeregt.«

»Hm«, machte die Mutter, »aufgeregte Leute sollten lieber nicht verreisen, vor allen Dingen nicht mit leerem Magen, und deshalb schlage ich vor …«

Ein einziger durchdringender Protestschrei unterbrach sie, doch gleich darauf wurde es wieder still, und sie sah lächelnd zu, wie der Brötchenkorb sich in rasender Geschwindigkeit leerte. »Schlingt nur nicht so«, mahnte sie.

Und eine Viertelstunde später hörten sie Motorengeräusch in der Ferne, und Chris stürzte als Erster zum Fenster. »Der Wagen ist da!«, schrie er. »Wir müssen los!«

In dem Trubel, der nun entstand, konnte niemand mehr sein eigenes Wort verstehen. Die Treppe dröhnte unter den Schritten der fünf, Türen wurden geschlagen, ein Koffer fiel polternd die letzten Stufen hinunter, und Lissy rief in den Lärm hinein: »Wo habe ich nur meinen Fotoapparat? Weiß jemand, wo mein Fotoapparat ist?«

Und endlich saßen sie lachend und atemlos in dem großen Wagen und Ben murmelte: »Ein Glück, dass es so ein Riesending ist, sonst hätten Vater und Mutter gar nicht mitgekonnt.«

Mr. Arnold, der neben Chris und dem Fahrer saß, drehte sich um und sagte, während er ein Auge zukniff: »Na, auf unsere Begleitung hättet ihr ja schlimmstenfalls verzichten können.«

Die Empörung, die diese Worte auslöste, war allgemein, und Peggy auf dem Schoß der Mutter meinte seufzend: »Eigentlich schade, dass wir uns nun die ganzen Ferien nicht sehen.«

»Vielleicht können wir es so einrichten, dass wir euch abholen.«

»Und dann bleiben Sie ein paar Tage bei uns, ja?«, bat Larry, der sich im Augenblick etwas ungemütlich fühlte, weil er seine langen Beine nicht ausstrecken konnte.

»Wir fahren bestimmt hundertdreißig«, sagte Chris nach einer Weile anerkennend. Ja, der Wagen fuhr mit hoher Geschwindigkeit und die Bäume huschten wie Schatten vorüber. Endlich tauchte in der Ferne der Flughafen auf, und wenige Minuten später rannte Larry auf Ranny und Mr. Potter zu, die wartend und rauchend neben der Maschine standen.

»Larry, Junge, bist du gewachsen!«

»Kaum zu glauben!«

»Man tut, was man kann.« Er lachte verlegen und schüttelte erst Ranny und dann Mr. Potter die Hand.

»Und da ist ja auch die übrige Räuberbande.« Ranny sah über Larrys Kopf hinweg den vieren entgegen, die auf sie zustürzten.

Mr. Potter legte sein Gesicht in sorgenvolle Falten und stöhnte. »Na, dann steht uns ja noch was bevor. Wollen wir uns lieber aus dem Staub machen?«

»Das könnte Ihnen so passen«, sagte Ben und Ranny schüttelte ernsthaft den Kopf. »Ich glaube, das können wir ihnen nicht antun.«

Es gab eine überaus herzliche Begrüßung, denn die beiden kannten die Arnold-Kinder schon von einer abenteuerlichen Reise nach Afrika her.

»Nun, dieses Mal wird es hoffentlich weniger aufregend zugehen«, sagte Mrs. Arnold. »Versprechen Sie uns, dafür zu sorgen, dass die fünf nicht allzu viel anstellen?«

»Ja, tun Sie das«, bat Mr. Arnold. »Sie kennen sie ja und wissen, wie schnell und wie gern sie in irgendwelche Schwierigkeiten hineingeraten.«

»Ach, Vater, jetzt übertreibst du, so schlimm ist es doch nie«, murmelte Chris, selber nicht ganz überzeugt von diesem Einwand.

»Nun, uns genügt es«, sagte Mr. Arnold ernst. »Also, ihr dürft auf keinen Fall leichtsinnig sein.« Doch ehe Chris sich in Beteuerungen ergehen konnte, dass sie dieses Mal kein Wässerchen trüben würden, sagte Mr. Potter, während er das Ende seiner Zigarette austrat: »Machen Sie sich keine Sorgen. Wir haben Anweisung von Mr. King, als Schutzengel zu fungieren und die Kinder nicht aus den Augen zu lassen. Seit der Geschichte in Spiggy Holes ist Larrys Vater sehr besorgt.«

Mr. Arnold nickte und dachte an die seltsame Begebenheit im Sommer vor zwei Jahren und daran, dass die Freundschaft seiner vier mit Larry aus dieser Zeit stammte.

»Ich denke, es wird Zeit, dass wir starten«, hörte er Mr. Potter in seine Gedanken hinein sagen. Die Kinder umarmten die Eltern, liefen die Gangway hinauf und die Mutter rief ihnen nach: »Wir holen euch dann ab, macht's gut!« Und gleich darauf begannen die Motoren zu dröhnen.

Mr. Potter hatte sich hinter das Steuer geschoben, Ranny auf den Sitz neben ihn, und nun rollte die Maschine über das Feld und stieg langsam höher und höher.

Die Kinder starrten hinunter auf den kleiner und kleiner werdenden Flughafen, auf dem die Eltern nur noch wie zwei kleine Punkte erschienen.

Und dann flogen sie hoch über den Wolken, die sich wie ein in der Sonne funkelndes Schneefeld unter ihnen ausbreiteten, und aufatmend ließen sich die fünf in die Sitze fallen.

»Fliegen ist das Herrlichste, was man sich vorstellen kann«, meinte Ben und sprang schon wieder hoch. Die Wolkendecke zerriss plötzlich und er rief: »Mr. Potter, sind wir schon über dem Kanal?«

Ranny drehte sich um und nickte. »Ja, wir wollen ein bisschen schnell machen, damit wir mittags schon an Ort und Stelle sind.«

»Zum Mittagessen?«, fragte Peggy und griff nach einem ihrer Zopfenden, um es in den Mundwinkel zu stecken. »Ich habe nämlich furchtbaren Hunger.«

Ranny lachte. »Na, komm her, von deinen Rattenschwänzen wirst du ja nicht satt.« Er zog eine große Tafel Schokolade aus der Tasche. »Spezialität aus dem Lande, das wir mit unserer Gegenwart beglücken wollen. Sie ist besonders gut, nicht wahr, Larry?«

»Wunderbar«, sagte Larry.

Und wenig später sahen sie wieder hinaus auf Städte, oft ganz in Rauch gehüllt, auf Berge und Wälder und flaches Land, durch das sich Flüsse schlängelten.

Doch allmählich ermüdeten sie, Larry streckte seine langen Beine aus, gähnte, und Peggy seufzte, während sie sich zurücksinken ließ. »Wisst ihr, worauf ich mich am meisten freue? Auf das gute Essen, das Betty gekocht hat.«

Dieser Ausspruch veranlasste Chris, verächtlich zu

murmeln: »Wie kann man nur so verfressen sein!« Und Ranny fügte mit bedauerndem Achselzucken hinzu:

»Da muss ich dich leider enttäuschen. Betty ist krank geworden und so haben wir uns nach Ersatz umsehen müssen. Ob es ein guter Ersatz ist, weiß ich allerdings nicht, denn es ist sehr schwierig, jetzt mitten in der Saison jemanden zu finden. Aber das junge Mädchen, das aus einem Dorf in der Nähe stammt, wurde uns sehr empfohlen.«

»Na, hoffen wir das Beste«, sagte Mr. Potter. »Soviel ich weiß, kochen die Einheimischen ziemlich scharf gewürzt, für einen harmlosen Mitteleuropäer oft ungenießbar.«

Peggy machte ein entsetztes Gesicht und Ben sagte: »Da wird unsere Dicke abnehmen.«

»Täte ihr ganz gut«, murmelte Chris, »täte ihr wirklich ganz gut.«

Peggy warf beiden einen vernichtenden Blick zu und verkündete, dass sie, wenn sie nichts Ordentliches zu essen bekäme, gleich wieder abreisen würde.

»Du wirst schon satt werden«, beruhigte Ranny sie, »und wenn wir ins Gasthaus gehen müssten.«

Eine ganze Weile schon flogen sie nun über hohe Berge und plötzlich rief Larry: »Da ist ja das Meer!«

Weiße Häuser zogen sich am Strand entlang und an den Hängen der Berge hinauf. Die Maschine ging weiter hinunter und Larry zeigte auf ein Haus, das etwas abseits inmitten eines riesigen Gartens lag, der sich bis hinunter zum Strand erstreckte.

»Oh, wie schön!«, rief Peggy, und Mr. Potter murmelte, als sie wenige Minuten später zur Landung ansetzten: »So, das hätten wir mal wieder geschafft!«

III
Adam, der Vornehme

Als sie wieder auf festem Boden standen, schlossen sie für einen Augenblick geblendet die Augen, denn die Helligkeit des in der glühenden Sonne schimmernden Sandes und des gleißenden, funkelnden Wassers überfiel sie zu plötzlich. »Wir werden bestimmt braun wie die Indianer«, sagte Chris, »und in der Schule werden sie Augen machen, wenn wir wieder aufkreuzen.«

»Ja, diesmal schlagen wir jeden Rekord, das ist klar.« Ben nickte.

»Ich komme mir vor wie im Paradies«, sagte Lissy und strahlte.

»Und ich mir wie im Backofen«, fügte Peggy hinzu und fuhr sich mit der Hand über die Stirn. »Mehr als einen Badeanzug ziehe ich hier bestimmt nie an, das kann kein Mensch von mir verlangen.«

»Ja, die Koffer hätten wir zu Hause lassen können«, sagte Larry.

»Kommt«, sagte Mr. Potter, »wenn ihr euch noch länger in dieser Glut aufhaltet, kann ich euch dem Butler Adam nur als Dörrfische vorführen.«

Sie gingen das kurze Stück zum Haus im Schatten der Bäume die Uferpromenade entlang.

Und dann fing Larry plötzlich an zu rennen und zu winken, und die Kinder entdeckten dort, wo der Garten an den Strand grenzte, mitten zwischen den leuchtenden Blumen eine lange, dünne, schwarz gekleidete Gestalt, sahen, wie der schwarz Gekleidete sich gemessen verbeugte und Larry dessen beide weiß behandschuhte Hände packte, sie unaufhörlich schüttelte und ihn anstrahlte.

»Das ist Adam, der Vornehme«, flüsterte Chris, verlangsamte sein Tempo, legte sein Gesicht in würdevolle Falten und schritt unter unzähligen tiefen Verbeugungen auf ihn zu.

Lissy und Peggy kicherten und liefen rot an, als sie Adams missbilligende Blicke auf sich gerichtet fühlten. Krampfhaft versuchten sie sich zusammenzunehmen – mit dem einzigen Erfolg, dass sie dem unterdrückten Lachreiz plötzlich freien Lauf lassen mussten.

Auch Ben und Larry lachten, und Mr. Potter und Ranny grinsten breit, was nun auch ihnen einen missbilligenden Blick Adams eintrug.

Ohne ein Wort zu sagen, setzte er sich nun an die Spitze der kleinen Kolonne und stieg würdevollen Schrittes vor ihnen her den Gartenweg hinauf.

»Er ist ein bisschen komisch«, erklärte Larry leise, »aber man kommt trotzdem ganz gut mit ihm aus. Ich mag ihn sehr gerne und er mich auch, wenn er es sich auch nicht so anmerken lässt.«

»Ja, bis auf den kleinen Vogel ist er ziemlich normal«, meinte Mr. Potter.

»Völlig«, bestätigte Ranny, »es braucht ihm nur eine Maus über den Weg zu laufen, dann benimmt er sich ganz wie ein normaler Mensch.«

»Ich mich auch.« Peggy nickte eifrig. »Ich springe dann auf einen Stuhl oder einen Tisch oder ...«

»... auf einen Schrank«, ergänzte Ben und zog sie an einem ihrer Zöpfchen.

Mr. Potter grinste. »Den Gefallen tut Adam dir leider nicht. In einem solchen Fall müsstest du also auf seine Gesellschaft verzichten.«

Sogar Peggy, die gerade im Begriff war, sich bei Ben mit einem kräftigen Stoß in die Rippen zu rächen, musste bei dieser Vorstellung lachen.

Und noch immer lachend gingen sie über die breite Terrasse mit den Liegestühlen und den bunten Sonnenschirmen hinein ins Haus.

Voller Bewunderung sahen sie sich in der gemütlichen Diele um. Durch die hohen Glastüren fiel das Sonnenlicht in den geräumigen, mit dicken Teppichen ausgelegten Raum. Vor dem Kamin an der Rückwand standen tiefe Sessel und rechts und links führte eine Treppe hinauf. Auf der einen Seite schloss sich ein Wintergarten an und auf der anderen ein Wohnzimmer, in das der Blick durch weit geöffnete Flügeltüren fiel.

Eine Tür unter der Treppe schien in das Küchenreich zu führen, denn jetzt wurde sie einen Spaltbreit geöffnet, und ein junges Mädchen mit gerötetem Gesicht sagte ein paar Worte in der Landessprache, während aus dem Hintergrund das Klappern von Geschirr zu hören war.

»Es gibt gleich etwas zu essen«, übersetzte Ranny zu Peggy gewandt, die in diesem Augenblick entsetzt aufschrie.

Jemand war lautlos hinter sie getreten und griff nach der Jacke über ihrem Arm, und als sie sich umdrehte, sah sie in Adams langes, mit halb geschlossenen Augen vornehm unbewegtes Gesicht.

»Ich werde das Kleidungsstück in die Garderobe tragen«, sagte er sehr leise und sehr langsam, ging gemessenen Schrittes auf einen Wandschrank zu, öffnete ihn und nahm einen Bügel heraus.

»Hab ich mich erschrocken«, stöhnte sie.

Mr. Potter lachte. »Manchmal hat Adams Angewohnheit, plötzlich wie ein Geist aufzutauchen, auch ihre Schattenseiten. Übrigens hasst er Lärm in jeder Form. Ich glaube, es ist ihm schon ein Dorn im Auge, wenn jemand das Radio einschaltet. Aber ihr werdet euch schon an ihn gewöhnen. Die Frage bleibt nur, ob es im umgekehrten Fall auch so sein wird.«

»Ach, man gewöhnt sich an alles«, sagte Ben. Doch bald darauf, als sie um den Tisch im Esszimmer saßen, musste er feststellen, dass er diese Behauptung eben recht voreilig und leichtsinnig aufgestellt hatte.

Das verlockend duftende Essen, das Adam nun auftrug, war es, das ihm zu dieser Einsicht verhalf. Wie hatte Mr. Potter heute Vormittag gesagt? »Die Einheimischen kochen ziemlich scharf gewürzt.«

Ziemlich scharf war im Hinblick auf das sonst ausgezeichnet zubereitete Essen sehr milde ausgedrückt, und schon nach den ersten Löffeln Suppe griff Ben nach der Serviette, fing an zu husten und lief rot an. Auch Peggy stöhnte, rang nach Luft und sprang endlich, ihr kleines Taschentuch vor den Mund gepresst, auf.

»Oh«, stöhnte sie, »oh, oh!« Das aber trug ihr einen dermaßen vernichtenden Blick Adams ein, dass sie sich sofort wieder setzte.

»Benimm dich«, sagte Chris grinsend, »sonst wirst du noch …« Ein krampfartiger Hustenanfall erstickte jedes weitere Wort und niemand erfuhr, was er hatte sagen wollen.

»Soll ich dir den Rücken klopfen?«, erbot sich Lissy, doch im nächsten Augenblick musste sie selber Larrys Hilfe in Anspruch nehmen.

Er und die beiden Männer hielten sich übrigens verhältnismäßig tapfer und Peggy japste endlich: »Ihr seid wohl schon daran gewöhnt?«

Mr. Potter schüttelte den Kopf. »Wir haben sicher rauere Kehlen.« Dieser bemerkenswerte Satz wurde durch nur einen einzigen kleinen Hustenanfall unterbrochen. »Vielleicht ist das Huhn nicht so schlimm«, tröstete er, und ein schwacher Hoffnungsschimmer erhellte die Gesichter ringsum, als Adam nun den knusprig gebräunten Braten auftrug.

Aber ach, auch diese Hoffnung wurde zunichte gemacht, denn die Füllung hatte es in sich, wie Ranny bedauernd feststellte, und Chris murmelte, während er

Messer und Gabel aus der Hand legte: »Da ist mindestens ein Waggon Pfeffer verbraucht worden.«

»Mindestens.« Ben nickte stirnrunzelnd und geistesabwesend, denn ihm war ein kaum merkliches Glitzern in Adams wie gewöhnlich halb geschlossenen Augen aufgefallen. Sollte der? Vielleicht war das alles Absicht? Vielleicht fürchtete er, sie seien zu laut, und er wollte sie auf diese Weise wieder loswerden? Aber das war doch gar nicht möglich!

»Der Nachtisch bitte«, hörte er ihn jetzt dicht neben sich sagen, und da man auch hier zu Lande weder Salz noch Pfeffer in das Speiseeis zu tun pflegte, blieb er das Einzige, an dem sie sich jetzt gütlich taten.

»Richtig satt bin ich trotzdem nicht«, sagte Peggy endlich, nachdem sie eine Unmenge davon mit großem Appetit vertilgt hatte. Und wieder meinte Ben das Glitzern in Adams Augen zu sehen und obendrein für den Bruchteil einer Sekunde ein beinahe triumphierendes Lächeln um seine Mundwinkel. Sollte er doch?

Aber im nächsten Augenblick wurde sein Verdacht zerstreut und das Rätsel gelöst. Adam räusperte sich – verhalten und dezent, versteht sich –, trat mit einer Verbeugung auf Mr. Potter zu und begann mit folgender Rede:

»Es ist äußerst bedauerlich«, begann er, »dass Tinas Kochkunst nicht Ihren Beifall findet und dass das von ihr zubereitete Essen Ihnen und vor allen Dingen den lieben Kleinen«, er zwang sich zu einem süßsäuerlichen Lächeln, »nicht zuträglich zu sein scheint. Leider wird es geraume Zeit dauern, bis man dem Mädchen den übermäßigen Gebrauch von Gewürzen abgewöhnt hat, und so wären Sie, wie die Dinge nun leider einmal liegen, auf den Besuch eines Gasthauses angewiesen, ein recht bedauernswerter Zustand, wenn ich mich so ausdrücken darf.« Er schwieg, blickte ohne mit der Wimper zu zucken in die vielen neugierig auf ihn gerichteten Augenpaare, räusperte sich von neuem und fuhr fort: »Sie wären also auf den Besuch eines Gasthauses angewiesen, falls Sie sich nicht vielleicht mit einem Vorschlag einverstanden erklärten, den ich Ihnen jetzt zu machen habe, äh, hätte«, verbesserte er sich.

»Bitte, Adam.« Mr. Potter nickte.

»Wir sind gespannt«, sagte Ranny.

Noch einmal verbeugte sich Adam und überraschte gleich darauf seine staunende Zuhörerschaft mit den Worten: »Kochen ist mein Hobby. Seit Kindesbeinen, möchte ich sagen, bin ich Koch aus Leidenschaft. Wenn Sie also mit meinen Diensten vorlieb nehmen wollten? Wenn ich also …?«

»Prächtig, prächtig«, unterbrach Mr. Potter ihn unter den begeisterten Rufen der Kinder. »Wir nehmen Ihre Dienste als Koch selbstverständlich gern und mit herzlichem Dank in Anspruch.«

Daraufhin entfernte sich Adam nach einer nochmaligen Verbeugung glücklich lächelnd in Richtung Küche.

»Ein verrückter Kerl«, murmelte Ben und sah ihm nach, bis er die Tür hinter sich geschlossen hatte.

Nachdem Rannys Anerbieten, doch noch in ein Gasthaus zu gehen, um das Versäumte nachzuholen, von den Kindern einmütig abgelehnt worden war, beschlossen sie, sich etwas hinzulegen.

So stiegen sie also die Treppe hinauf, fielen auf ihre Betten und schliefen in den durch die herabgelassenen Jalousien angenehm kühlen und dämmrigen Räumen sofort ein.

Als sie endlich erwachten, musste es schon ziemlich spät sein. »Den Tee haben wir verschlafen«, stellte Larry nach einem Blick auf seine Uhr fest. »Wollen wir noch ein bisschen an den Strand gehen?«

Einer nach dem anderen liefen sie hinunter. Im Haus war es totenstill. In einem Sessel vor dem Kamin saß Adam und schlief, die Beine, wie Larry es so gern tat, weit von sich gestreckt, den Mund halb geöffnet und sanft schnarchend.

»Koch aus Leidenschaft«, flüsterte Chris grinsend, »und in zwei Stunden muss es Abendbrot geben.«

»Vielleicht kocht er ja im Traum«, meinte Lissy.

Aber Larry legte den Finger an den Mund. »Wenn er merkt, dass wir ihn so erwischt haben, ist es ihm nur peinlich und …«

»Es ist ja auch so heiß«, fand Lissy.

Sie schlichen hinaus und liefen durch den Garten zum Strand und weiter in den Badeort, dessen weiße Häuser sich am Meer und an den Hängen der Berge entlangzogen.

Sie entdeckten eine kleine Konditorei, deren Auslagen ihnen, da sie nun alle Hunger verspürten, besonders verlockend erschienen. Aber sie hatten kein Geld mitgenommen und mussten sich damit begnügen, die ausgestellten Herrlichkeiten zu betrachten.

»Die Mandeltorte sieht prima aus«, meinte Peggy und seufzte.

»Wir müssen nach Hause«, sagte Larry, »Adam wird auf uns warten.«

»Hoffentlich mit dem Abendbrot«, murmelte Chris und Ben sagte grinsend: »Ja, wenn er ausgeschlafen hat.«

In einer Reihe untergehakt liefen sie zurück. Hier und da blinkten schon ein paar Lichter auf. Sie liefen über den leuchtend weißen, warmen Sand, hatten die Schuhe ausgezogen und Larry, der am äußersten Ende am Wasser ging, ließ sich die Füße von den Wellen bespülen.

In der Diele trafen sie Adam vor dem Spiegel stehend, und während er mit spitzen Fingern ein Stäubchen von seiner Jacke nahm, nickte er ihnen in dem blanken Glas hoheitsvoll zu, drehte sich um und sagte leise: »Es ist angerichtet.«

Als sie an ihm vorüberliefen, um sich zu waschen, warf Chris ihm unter gesenkten Lidern einen misstrauischen Blick zu. Mochte was Rechtes sein, was der zu Stande gebracht hatte! Als sie gingen, schlief er, und nun stand er vor dem Spiegel wie eine Primaballerina. Ha, mochte was Rechtes sein!

Doch wenig später wurde er eines Besseren belehrt. Adam servierte ihnen einen Traum von einem Essen, wie Mr. Potter am Ende der Mahlzeit feststellte. Die Kinder aber blieben stumm, teils vor Staunen, teils weil sie so satt waren, dass sie beinahe bewegungslos auf ihren Stühlen hingen. Larry hatte die Beine weit unter den Tisch ausgestreckt, blies die Backen auf und stöhnte: »Toll!«

Adam aber war so glücklich, dass er dieses unziemliche Benehmen gar nicht zu bemerken schien!

IV
»Nein, was Sie nicht sagen«

Die beiden ersten Wochen vergingen wie im Fluge, mit strahlendem Sonnenschein und immer größer werdender Hitze. Die Kinder hielten sich fast nur noch am Strand auf, schwammen und ruderten, und Ben fischte manchmal.

Sie hatten übrigens einen neuen Freund gefunden, auf den sie immer sehnsüchtig warteten, Töff-Töff, den Eismann. Sie nannten ihn so, weil er, wenn er die Uferpromenade herunterkam, seine Kundschaft mit einer Autohupe auf sich und seine Ware aufmerksam zu machen pflegte.

Die fünf zählten zu seinen besten Kunden, und manchmal saß er einen Augenblick bei ihnen, um sich mit ihnen zu unterhalten. Dieses Unternehmen gestaltete sich besonders am Anfang etwas schwierig, denn er sprach nur ein paar Worte Englisch und Larry als Einziger ein paar Worte der Landessprache. So wurde die Unterhaltung mit lebhaften Gesten in Zeichensprache geführt, man verstand sich dennoch großartig.

Auch heute hörten sie die quäkende Hupe schon von

weitem, und dann sahen sie den großen, tiefbraun gebrannten Mann mit der schwarzen, lockigen Haarmähne und dem Seehundschnauzbart in weißem Turnhemd und weißen Hosen sein Wägelchen vor sich herschiebend auf sich zukommen.

Er winkte, und die Kinder drängten sich um ihn, bekamen jedes eine dicke Eiswaffel und ließen sich wieder in den Sand fallen.

Töff-Töff hatte sich mit gekreuzten Beinen neben sie gesetzt, zündete sich eine Zigarette an, zog eine Zeitung aus der Tasche und faltete sie langsam auseinander. Und während die fünf, mit ihrem Eis beschäftigt, über die glitzernde Wasserfläche blinzelten, vertiefte sich Töff-Töff in die neuesten Nachrichten. Plötzlich tippte er Larry auf die Schulter, fuchtelte mit den Händen in der Luft herum, tippte dann auf die Zeitung und sagte »Räuber!«, wobei er nicht nur das R besonders stark rollte, sondern auch seine großen, schwarzen Augen.

»Wie?«, fragte Larry träge. »Wieso? Wo?«

Töff-Töff fuhr mit dem ausgestreckten Arm in die Richtung der Berge. »Dort!«

Larry richtete sich interessiert auf. »Ach nein, richtige Räuber?«

Töff-Töff nickte eifrig. »Überfallen reiche Leute, die in Berge reiten mit Maultier.«

»Ach, so was gibt's heute doch nicht mehr.«

»Doch, doch, hier, hier steht«, sagte der Eismann und tippte von neuem auf das Blatt. »Ich weiter.« Er stand auf, winkte den Kindern zu und fuhr wieder zurück.

»Habt ihr das gehört?«, fragte Larry.

»Nein, was?«, murmelte Ben schläfrig.

»In den Bergen gibt's Räuber, irgendeine Bande, die reiche Kurgäste ausplündert.«

»Mach keine Witze«, sagte Chris. »Das hört sich ja ziemlich abenteuerlich an. Hat der gute Töff-Töff wohl ein bisschen gesponnen, was?«

»Nein, wirklich, es steht in der Zeitung.«

»Zustände sind das«, entrüstete sich Lissy. »Kümmert sich denn die Polizei nicht darum?«

Larry zuckte die Schultern. »Weiß nicht, aber wird sie wohl.«

Vom Haus her kam der Klang des Gongs, der zum Mittagessen rief. Die Kinder rafften ihre Sachen zusammen und liefen den Strand entlang.

»Sagt Ranny und Mr. Potter lieber nichts von der Sache«, sagte Larry plötzlich. »Keiner von den beiden liest Zeitung, und mir ist eben eingefallen, dass wir ein Jagdhaus in den Bergen haben.«

Chris sah ihn staunend an. »Davon hatten wir ja keine Ahnung! Ich kann mir übrigens denken, was du vorhast.«

»Genau das.« Larry nickte. »Eigentlich müsste ich es euch ja einmal zeigen, nicht wahr?«

»Natürlich«, sagte Ben ernsthaft, »natürlich, das müssen wir unbedingt sehen.«

Sie aßen, schliefen ein wenig und beschlossen nach dem Tee in die kleine Konditorei zu gehen.

»Wir möchten in der Stadt gern ein Eis essen, Adam«, sagte Larry in die Küche hinein.

»Ich wünsche guten Appetit«, sagte Adam, um noch einige Grade kühler als gewöhnlich, »ich wünsche guten Appetit, obwohl es mir unbegreiflich ist, wie es euch nach diesem minderen Speiseeis gelüsten kann.«

»Ach, es macht doch so viel Spaß, einmal woanders zu sitzen und so«, rief Peggy und Adam nickte einigermaßen versöhnt und sagte: »Nun, dann viel Vergnügen!«

Sie liefen davon, saßen bald an einem der kleinen runden Marmortische und sprachen von dem Jagdhaus in den Bergen.

»Ich werde Mr. Potter bitten, ein bisschen mit uns durch die Gegend zu fliegen«, sagte Larry, »und dabei zeige ich euch das Haus. Dann müsst ihr zu verstehen geben, dass ihr wahnsinnig gern einmal dorthin wollt, und dann …«

»Sei mal eben still«, flüsterte Peggy plötzlich, die schon eine ganze Weile mit nur einem Ohr zuhörte und mit dem anderen auf das, was am Nebentisch gesprochen wurde. Sie nickte kaum merklich zu den beiden Frauen hinüber, die sich aufgeregt miteinander unterhielten.

»Sämtlichen Schmuck haben sie ihr abgenommen«, hörten sie die Stimme der einen, »auch das Kollier. Es war Millionen wert! Die arme Dolores!«

»Nein, was Sie nicht sagen!«, entgegnete die andere atemlos, wobei sie mit ungeheurer Geschwindigkeit ungeheure Mengen von Schlagsahne löffelte und sich weit vorbeugte. »Nein, was Sie nicht sagen! Es ist also wirklich wahr? Ich dachte, es sei lediglich ein Gerücht.«

»O nein«, widersprach die andere und lächelte mitleidig, »o nein! Es ist leider tatsächlich so. Die Leute tragen übrigens schwarze Masken und niemand weiß, wie sie aussehen.«

»Und die Polizei? Tut die denn gar nichts?«

Dem Tonfall nach schienen es Amerikanerinnen zu sein und beide wohl sehr reich, denn sie waren mit Schmuck behängt und mit auffälliger Eleganz gekleidet. Die eine, sehr mager, trug eine Sonnenbrille und rauchte hastig, während die andere ausschließlich mit den Herrlichkeiten auf ihrem Teller beschäftigt war.

»Die Polizei tut, was sie kann. Sie haben die ganze Gegend abgesucht, die Wälder durchkämmt und ...«

»Ja?«, fragte die zweite und vergaß vor lauter Spannung, den Löffel in den Mund zu schieben. »Haben sie sie?«

»Nein!« Die Magere lehnte sich in ihrem Stuhl zurück und tat einen langen Zug aus ihrer Zigarette. »Nein, sie verschwanden spurlos und sind nicht aufzufinden!«

»Es ist beängstigend«, stöhnte ihr Gegenüber, »einfach beängstigend! Man wird sich entschließen müssen, von nun an nur noch Imitationen zu tragen!«

Nun war es die Erste, die sich etwas vorbeugte. »Da tun Sie gut daran, meine Liebe. Im Vertrauen gesagt, ich halte es seit Jahren so.«

»Ach, wie interessant!«

»Übrigens, da fällt mir ein«, sagte die Magere langsam, »die liebe Dolores trug ein bezauberndes Kleid, als ihr das Missgeschick mit dem Schmuck passierte. Sie kaufte es bei …«

Diese Wendung, die die Unterhaltung nun zu nehmen schien, machte sie für die Kinder uninteressant und Chris stieß Larry an.

»Toll, was?«, flüsterte er.

»Ganz toll«, murmelte Lissy.

»Wollt ihr wirklich in die Berge?«, fragte Peggy und kaute nervös auf einem ihrer Zopfenden.

»Wenn Mr. Potter und Ranny einverstanden sind, auf alle Fälle«, sagte Larry.

Ben stand auf und rief nach der Kellnerin, um zu bezahlen. »Wir wollen lieber gehen, hier können wir doch nicht alles besprechen.«

Sie schoben sich hintereinander zwischen den Tischen hindurch und hörten noch, dass das Gespräch der beiden Frauen sich jetzt um »bezaubernde Hüte« drehte.

»Die haben Nerven«, murmelte Chris.

Auf dem Rückweg beschlossen die fünf, Mr. Potter schon heute Abend zu bitten, am anderen Tag mit ihnen einen kleinen Ausflug im Flugzeug zu unternehmen, obwohl es ihnen zweifelhaft erschien, dass er ihre Bitte so ohne weiteres erfüllen würde. Doch er und auch Ranny erklärten sich nicht nur sofort einverstanden, sie fanden den Gedanken sogar sehr gut.

»Wollen Sie mitkommen, Adam?«, fragte Larry, doch der wehrte hoheitsvoll ab.

»Wer sollte sich unterdessen um das leibliche Wohl kümmern?«

Nach dem Abendessen schlug Ben vor, noch einmal zu baden, denn es war unerträglich heiß, selbst im Haus, in dem jetzt fast den ganzen Tag die Jalousien vor den Fenstern herabgelassen waren und in dem die Ventilatoren in jedem Zimmer summten.

Mr. Potter, Ranny und auch Adam kamen mit. Allerdings blieb der, während die anderen hinausschwammen, am Strand zurück, eine einsame, schwarz gekleidete Gestalt gegen den helleren Himmel.

Nach einer Weile kehrten sie wieder um, und als sie Grund unter den Füßen spürten, schrie Chris: »Wer zuerst bei der Burg ist!«

Es waren Ranny und Ben. Adam erhob sich, doch in diesem Augenblick gab der Sandwall unter ihm nach, und er griff Hilfe suchend mit der einen Hand nach Ben und mit der anderen nach Ranny. Und nur dem war es zu verdanken, dass Adam nicht hinterrücks in der Mulde verschwand.

Niemandem gelang es, ernst zu bleiben, doch Adam tat, als sei nichts geschehen, und verzog keine Miene. Er klopfte den Sand von den Hosenbeinen, machte kehrt und ging gemessenen Schrittes über den Strand und weiter auf dem Gartenweg ins Haus.

»Wäre Ranny nicht gewesen«, sagte Larry, »so hätten wir zum ersten Mal in unserem Leben Adam aus der Fassung geraten sehen!«

V
Rauch zwischen den Bäumen

Am anderen Morgen jagten die fünf in einem derartigen Tempo die Treppe hinunter, dass es schien, als wollten sie geradewegs zur Haustür hinaus. Besonders Adam erschien es so, denn er vertrat ihnen den Weg und sagte langsam: »Ich halte diese Eile für äußerst unangebracht.« Dabei schob er Peggy vor sich her ins Esszimmer, in dem Mr. Potter und Ranny schon am Frühstückstisch saßen.

»Ach, wir dachten, Sie wären schon am Flughafen«, sagte Ben und kniff mit einem bedeutungsvollen Blick auf Adam ein Auge zu.

»Doch nicht mit nüchternem Magen«, entgegnete Ranny. »Ihr wäret des Todes mit einem verhungerten Piloten am Steuerknüppel.«

Wie immer stand Adam unbeweglich in einiger Entfernung und verfolgte den Ablauf der Mahlzeit. Und unter seinen Blicken aus halb geschlossenen Augen hätte keines der Kinder gewagt aufzustehen, ehe nicht aller Toast und alle Brötchen samt Beigaben restlos vertilgt waren.

»Seht mal, was wir mitnehmen sollen«, sagte Mr. Potter, trank seinen Kaffee aus und zeigte auf einen großen Proviantkorb, der neben ihm auf einem Stuhl stand.

»Uff«, stöhnte Chris. »Das können wir doch nie bewältigen.«

Doch Adam entgegnete ruhig und voller Würde: »Soweit ich die Lage beurteilen kann, wird es euch ein Leichtes sein. Außerdem handelt es sich bei dem Inhalt nur um ausgesuchte Dinge, Delikatessen sozusagen.«

»Prima!«, rief Peggy, aber Ben warf einen zweifelnden Blick auf den riesigen Korb.

»Damit reichen wir ja bis zum Nordpol und zurück.«

»Das täuscht«, sagte Adam ruhig.

Peggy aber, gerührt von so viel Fürsorge und im Hinblick auf die kommenden Genüsse sanft gestimmt, rief: »Zu schade, dass Sie nicht mitkommen!« Und dieser Ausruf bewirkte, dass Adams in würdevoll vornehme Falten gelegtes Gesicht von einem plötzlichen Lächeln erhellt wurde.

Wenige Minuten später liefen sie alle den Strand hinunter am Wasser entlang bis zum nahen Rollfeld. Die Maschine stand schon startbereit und ein paar Männer vom Personal kamen ihnen entgegen.

»Prima Flugwetter«, sagten sie. »Hoffentlich ist es da oben kühler als hier unten.«

»Eine Hitze ist das«, meinte der eine und fuhr sich mit dem Arm über die Stirn. »Man ist ja allerhand gewöhnt hier, aber dieses Jahr … so etwas habe ich noch nicht erlebt. Ich an Ihrer Stelle würde einen kleinen Ausflug nach Grönland machen.« Er tippte an seine Mütze und ging kopfschüttelnd weiter.

»Dem hat's wohl auch schon den Verstand verwirrt«, sagte Larry und lachte. »Na, kommt.«

Die Motoren dröhnten und sie sprangen in die leise vibrierende Maschine. Sie rollte ein Stück, immer schneller werdend, und stieg dann höher und höher.

»Wir fliegen ein bisschen kreuz und quer durch die Gegend«, erklärte Ranny und drehte sich grinsend zu den Kindern um.

»Großartige Aussicht, was?«

»Von oben sieht immer alles großartig aus«, murmelte Mr. Potter.

»Peggy scheint sich mehr für andere Aussichten zu interessieren«, stellte Ben mit einem Blick auf sie fest. Sie war schon mit den Delikatessen aus dem Korb beschäftigt.

Ranny lachte. »Anscheinend hat sie allerhand gefunden, nach ihren dicken Backen zu urteilen. Ich glaube, ihr müsst euch ranhalten, wenn ihr noch etwas abhaben wollt.«

»Danke, wie kann man nur so verfressen sein«, murmelte Chris, der auf die auf seinen Knien ausgebreitete Karte sah, um mit Larrys Hilfe das Jagdhaus zu suchen.

»Wir finden es nicht«, sagte er endlich. »Kommen Sie doch bitte einmal her, Ranny.«

»Ihr müsst weiter nördlich suchen. Seht ihr das kleine Tal, das ganz von steilen Felsen eingeschlossen ist? Dort in der Nähe liegt es.«

»Wenn wir da sind, müssen Sie ganz tief runtergehen«, bat Chris, »damit wir es richtig sehen können.«

Sie flogen über weite grüne Täler, über Flüsse und Dörfer. Auf den Hängen weideten Kühe und Ziegen und manchmal tauchte ein tiefblauer See auf.

»Jetzt müsst ihr aufpassen«, sagte Ranny plötzlich.

Und gleich darauf sahen sie es. Es lag sehr hoch und von dort oben musste man einen herrlichen Blick über Berge und Täler haben. Die Maschine war tief heruntergegangen und sie konnten sogar die blitzenden Fensterscheiben in dem weißen Gemäuer erkennen.

»Hübsch«, sagte Lissy. »Könnten wir nicht einmal dahin? Das wäre doch prima.«

»Ein Jammer, dass es immer so leer steht«, meinte Ben.

»Es steht nicht leer«, erklärte Ranny. »Ein älteres Ehepaar, Einheimische, hält es in Ordnung.«

»Wenn wir ein Hubschrauber wären, könnten wir landen und uns von den beiden zum Mittagessen einladen lassen«, meinte Lissy.

»Das würde Adam uns aber sehr übel nehmen, er hat doch für uns gekocht und wartet auf uns.« Peggy war im Augenblick mehr für die sicheren Genüsse.

»Wir sind ja kein Hubschrauber«, sagte Chris. »Es wird dir also nichts entgehen. Übrigens könntest du mal den Korb hergeben. Ich kriege allmählich Hunger.«

»Und jetzt fliegen wir über das kleine Tal«, erklärte Ranny. »Es soll keinen Zugang zu ihm geben. Seht nur, wie steil die Felsen sind.«

»Wirklich?«, staunte Ben.

Ranny nickte. »Mr. King hat einmal mit einem Bergführer darüber gesprochen. An einen Abstieg ist da nicht zu denken.«

Schweigend starrten die Kinder hinunter in das kleine, ganz mit dichtem Wald bestandene Tal.

Die Maschine ging tiefer, kreiste ein paar Mal darüber, und dann riss Mr. Potter sie plötzlich hoch, um eine Felsenbarriere zu überfliegen.

Peggy, die gerade mit viel Appetit in ein Stück Kuchen beißen wollte, ließ sich jammernd zurücksinken und stöhnte: »Wie im Fahrstuhl, grässlich!«

Aber niemand kümmerte sich um sie, denn in diesem Augenblick zeigte Ben hinunter und rief: »Seht mal, sieht das da zwischen den Bäumen nicht wie Rauch aus?«

»Wo?«, fragten die anderen wie aus einem Munde, aber sie sahen nichts mehr.

Die Maschine war nun schon zu hoch und wenige Sekunden später lag das eingeschlossene Tal weit hinter ihnen.

»Ranny«, sagte Larry, »Ben hat eben dort unten Rauch gesehen. Ob vielleicht doch jemand dort hinuntergestiegen ist?«

Ranny schüttelte den Kopf. »Ausgeschlossen, ihr werdet euch getäuscht haben, sicher waren es Wolken.«

»Mir war es unheimlich, da drüber zu fliegen«, ließ sich Peggy jetzt vernehmen. »Wenn wir nun gerade da eine Bruchlandung gemacht hätten! Schrecklich! Wir hätten unten gesessen und wären nie wieder rausgekommen!«

»Ideen hast du«, sagte Lissy.

»Wenn du den Korb nicht schon halb leer gemacht hättest, würde ich solche Befürchtungen ja noch verstehen«, sagte Ben. »Sicher hätte Mr. Potter die Maschine dann gar nicht wieder hochbekommen. Und zum Schluss wäre Adam an unserem Unglück schuld gewesen.«

»Lass Adam in Ruhe«, verteidigte Peggy ihn, »er meint es immer gut mit uns.«

»War doch nur Spaß«, beruhigte Ben sie, »ich halte genauso viel von seiner Kochkunst wie du.«

Sie flogen jetzt sehr hoch, eine dichte Wolkendecke lag unter ihnen, und so unterhielten sie sich leise darüber, dass hier irgendwo in den Bergen die Bande ihr Versteck haben musste, und darüber, ob sie Mr. Potter und Ranny wohl dazu bewegen könnten, für einige Zeit mit ihnen in das Jagdhaus zu ziehen.

»Wir fragen jetzt gleich«, sagte Larry kurz entschlossen, ging zum Pilotensitz und begann eifrig auf die beiden Männer einzureden.

Zuerst schien es so, als habe er keinen Erfolg. Doch er ließ sich nicht beirren, sprach beinahe beschwörend weiter, und endlich zuckte Mr. Potter die Schultern, sagte etwas und lachte.

Und gleich darauf kam Larry zurück. »So gut wie abgemacht«, sagte er.

»Prima!«, schrien die anderen voller Begeisterung.

»Kommt Adam auch mit?«, erkundigte sich Peggy.

»Eher kündigt er«, meinte Larry. »Das letzte Stück bis

zum Jagdhaus müssen wir nämlich auf Maultieren reiten. Es gibt dann nur noch einen schmalen, steilen Pfad.«

»Adam auf einem Maultier«, Ben grinste, »ewig schade, dass uns dieser Anblick versagt bleibt.«

»Sei still«, kicherte Lissy, »ich verschlucke mich sonst noch.«

Doch Peggy, die ihr Herz teils für Adam selber, teils für dessen Kochkunst entdeckt hatte, sagte, indem sie die anderen missbilligend betrachtete: »Macht euch nur nicht lustig über ihn. Ich jedenfalls finde ihn sehr nett, und wer weiß, vielleicht schafft er es sogar noch, auf einem Maultier zu reiten. Es wäre doch zu schön, wenn er mitkäme.«

»Ja«, sagte Ben ernsthaft, »dir zuliebe schafft er es sicher und vielleicht reitet er nachher noch wie der Teufel!«

Die Wolkendecke wurde dünner und dünner, als sie nun tiefer hinuntergingen.

»Wir sind ja schon da!«, rief Lissy. »Da sind der Strand und da das Meer und unser Haus!«

»Und ich rieche schon Adams gutes Mittagessen«, sagte Chris mit einem Blick auf Peggy, verdrehte verzückt die Augen und starrte zur Decke hinauf.

»Du bist blöd, richtig blöd«, fauchte sie.

»Achtung, wir landen!«, rief Mr. Potter. Und einen Augenblick später gab es einen sanften Ruck, die Maschine rollte ein Stück und stand.

Sie sprangen hinaus, stürmten den Strand entlang, den Gartenweg hinauf und ins Haus.

»Bitte, Adam, Sie müssen mitkommen«, schrie Peggy, »bitte kommen Sie mit!«

Und Adam, der schon wartend neben dem gedeckten Tisch stand, versuchte vergeblich Fassung zu bewahren und starrte sie verständnislos an.

VI

Er reitet wirklich wie der Teufel

Es wurde ein turbulentes Mittagessen, denn Peggy hatte es sich nun einmal in den Kopf gesetzt, Adam dazu zu bewegen, sie in die Berge zu begleiten. Es dauerte nicht lange, da war sie es nicht allein, die auf ihn einredete und bat und bettelte.

»Ruhe«, befahl Mr. Potter endlich, »man versteht ja sein eigenes Wort nicht mehr.«

Adam schüttelte schweigend den Kopf, bis es Peggy einfiel zu sagen: »Und wer soll für uns da oben kochen? Sollen wir etwa wieder zwanzig Pfund Pfeffer schlucken oder sollen wir gleich verhungern?«

»Entsetzlich«, entgegnete Adam leise, »ein geradezu entsetzlicher Gedanke! Wenn nur die Maultiere nicht wären«, fügte er seufzend hinzu.

»Ach, es wird schon gehen«, tröstete sie ihn, »Sie müssen sich nur gut festhalten.«

»Hm«, machte Adam, »ich weiß nicht.«

»Gut, dann müssen wir eben verhungern!«

Adam kämpfte, wie ihm deutlich anzusehen war, einen schweren Kampf. Seine stets in so vornehmer Weise halb geschlossenen Augen waren jetzt weit geöffnet und starr geradeaus gerichtet. Sah er sich vielleicht im Geiste auf einem dieser grässlichen Tiere, neben sich den gähnenden Abgrund?

Je länger er schwieg, desto größer wurde die Spannung, und es war so still geworden, dass man eine Stecknadel hätte zu Boden fallen hören können.

»Sie werden uns doch nicht im Stich lassen?«, fragte Larry endlich in die Stille hinein, indem er ihm aufmunternd zulächelte.

Und nun gab Adam sich einen Ruck. Seine eben noch wie in weite Ferne blickenden Augen schlossen sich wieder wie gewöhnlich halb, sein Gesicht bekam von neuem den vornehm unbewegten Ausdruck, er räusperte sich und sagte dann langsam: »Es ist natürlich selbstverständlich, dass ich meine Pflicht erfülle!«

Ein wahrer Begeisterungssturm erhob sich und es hätte nicht viel gefehlt, so hätte Peggy ihn umarmt, aber das wagte sie denn doch nicht. Und Ranny nickte ihr heimlich zu.

»Man soll nichts übertreiben!«

Es herrschte allgemein große Freude über die bevorstehende Reise, und als Mr. Potter meinte, sie sollten am besten gleich morgen früh fahren, holte Peggy das eben bei Adam Unterlassene nach und fiel ihm um den Hals. »Die Leute im Jagdhaus werden Augen machen, wenn wir alle so plötzlich kommen!«, schrie sie und presste ihn an sich.

»Besonders, wenn sie Adam auf dem Maultier sehen«, murmelte Chris.

Mr. Potter drückte seine Zigarette aus. »Anmelden können wir uns leider nicht, Telefon gibt's da oben keins, aber Vorräte sind immer genügend vorhanden. Wir sehen uns noch einmal den Wagen an, also bis nachher.«

»Und was wollen wir jetzt machen?«, fragte Lissy mit einem staunenden Blick auf Adam, der eben in Begleitung Tinas, des Mädchens aus dem Dorf, beide mit riesigen Henkelkörben bewaffnet, aus der Küche trat.

»Die Pflicht ruft«, erklärte er. »Wir müssen einkaufen.«

»Aber wir sind doch morgen gar nicht mehr hier«, sagte Lissy verwundert.

»Eben«, meinte Adam.

»Aber im Jagdhaus gibt es doch Vorräte.«

»Eben«, sagte er wieder. »Das heißt«, verbesserte er sich, »man weiß nie genau, ob derartige Behauptungen sich bewahrheiten. Es handelt sich also um eine Art Vorsichtsmaßnahme.«

Die Kinder sahen den beiden lachend nach, wie sie den Gartenweg hinuntergingen, Adam gemessenen Schrittes voran, Tina ihm ehrfurchtsvoll folgend.

»Er tut gerade so, als ob wir eine Weltreise machen wollten«, sagte Ben. »Gehen wir zum Strand?«

Erst gegen Abend kamen die fünf zurück und fielen beinahe über Körbe und Taschen, die in der Diele auf dem Boden standen.

»Adam besteht darauf, dass wir das ganze Zeug mitnehmen«, sagte Mr. Potter und grinste. »Habe nur noch keine Ahnung, wie wir alles unterbringen sollen.«

»Wenn ich Ihnen dabei behilflich sein dürfte«, ließ sich Adam hinter seinem Rücken vernehmen. »Verteilung von Gepäck auf kleinstem Raum ist eine Spezialität von mir.«

»Gut«, entgegnete Mr. Potter, »versuchen Sie Ihr Glück.«

An diesem Abend dauerte es lange, ehe die fünf einschliefen. Sie waren zu aufgeregt, und hinzu kam noch die unerträgliche Hitze, die sich nun allmählich im ganzen Haus eingenistet hatte. Mr. Potter stellte am anderen Morgen aufatmend fest, dass es wohl gar kein schlechter Gedanke sei, bei dieser Glut in die Berge zu fahren.

Adam verzog den Mund zu einem süßsäuerlichen Lächeln. Die Aussicht auf den nun bald bevorstehenden Ritt auf einem dieser störrischen Tiere erlaubte ihm kein anderes.

»Der wird froh sein, wenn er endlich da ist und alles überstanden hat«, flüsterte Chris grinsend, und Lissy geriet dermaßen ins Kichern, dass Ranny ihr einen warnenden Blick zuwerfen musste.

Aber Adam war im Augenblick vollauf damit beschäftigt, die Taschen und Körbe mit den Lebensmitteln im Kofferraum zu verstauen, was ihm denn auch mit viel Geschicklichkeit und Geduld zur Verwunderung aller gelang. Und endlich setzte sich Mr. Potter ans Steuer, neben sich Ranny und zwischen den beiden Larry, weil er der Dünnste war.

Im Fond thronte Adam in der Mitte, eine Tasche auf

den Knien, die er beim besten Willen nicht mehr hatte unterbringen können, zur einen Seite Lissy, zur anderen Peggy, und auf den Plätzen vor ihnen saßen Ben und Chris.

»Gut, dass man das Verdeck runterlassen kann«, meinte Ben, »sonst wären wir bei dieser blödsinnigen Hitze halb geschmort da oben angekommen.«

Es wurde eine herrliche Fahrt auf der gut ausgebauten Straße, die in vielen Windungen höher und höher hinaufführte. Zu ihrer Linken ragten die Felsen steil empor, und zu ihrer Rechten dehnten sich sonnige Täler, in der Ferne von Bergketten abgeschlossen. Der Fahrtwind ließ sie die Hitze kaum spüren; alle waren in bester Stimmung, bis auf Adam, der schweigend, den Blick auf die Tasche gerichtet, dasaß.

Nach etwa zwei Stunden gelangten sie zu der Stelle, an der sie den Wagen verlassen mussten. Der Besitzer eines Gehöftes ganz in der Nähe hatte sich auf Maultiervermietung eingestellt und trat nun bei ihrer Ankunft aus dem Haus. Ja, er konnte ihnen so viele Maultiere geben, wie sie brauchten, und ja, sie konnten den Wagen in der Garage unterstellen.

Er führte zehn der hübschen Grautiere aus dem Stall. Die Kinder waren entzückt, suchten sich jedes eines aus und strichen ihnen über das Fell. Zwei der Tiere wurden mit den Taschen und Körben beladen, und dann half Ranny dem blass gewordenen Adam auf ein von dem freundlichen Besitzer als besonders sanft gepriesenes Tier.

»Starrt ihn nicht so an«, flüsterte Mr. Potter den fünfen zu, »tut so, als sähet ihr ihn gar nicht, sonst gibt es noch ein Unglück.«

Tatsächlich hing Adam völlig hilflos im Sattel, die langen Beine steif wie Stöcke seitwärts gespreizt.

»Nur Mut«, ermunterte Ranny ihn, »und so lässig wie möglich, das ist die Hauptsache.«

»Er müsste sich Knoten in die Beine machen«, flüsterte Lissy, hochrot vor unterdrücktem Lachen.

Sonst aber hielten die Kinder sich tapfer. Sie befolgten Mr. Potters Rat, sahen angestrengt in eine Richtung, und wenn sie es wagten, einen Blick auf den unglückseligen Reiter zu werfen, so nur verstohlen unter gesenkten Wimpern.

Adam hatte jetzt die Beine angezogen und seine Knie ragten ein Stück über den Rücken des Tieres hinaus. Mit beiden Händen umklammerte er dessen Hals, sodass er, den Kopf weit vorgestreckt, beinahe einen spitzen Winkel bildete.

»Er reitet wirklich wie der Teufel«, flüsterte Ben, »ich darf nur nicht hingucken.«

Chris ächzte: »Wenn wir nur erst da wären!«

Sie alle hatten schnell begriffen, worauf es beim Reiten ankam. Nur Peggy jammerte zuerst, bis der Mann, der sie führte, ihr erklärte, dass sie sich dem Rhythmus des Tieres anpassen müsse, um nicht so durchgeschüttelt zu werden. Nebenbei gesagt schienen auch Ranny und Mr. Potter sich nicht sonderlich wohl zu fühlen. Beide kamen sich auf den kleinen Tieren reichlich albern vor.

Und wenn es sich irgend einrichten ließ, stiegen sie ab und führten sie am Zügel. Hin und wieder warf einer von ihnen einen bewundernden Blick auf Larry, von dem Ben eben behauptete, es sei ein Cowboy an ihm verloren gegangen.

Steil, schmal und steinig führte der Weg zur Höhe, an tiefen Abgründen vorüber; manchmal sahen sie einzelne Gehöfte und an den Hängen Ziegenherden.

Doch dann gab es keine Bauernhöfe mehr und endlich sahen sie in der Ferne das Jagdhaus. Es lag auf einer Wiese am Berg und aus seinem Schornstein stieg der Rauch kerzengerade in die stille, warme Luft.

Alle atmeten auf, denn der Ritt war ziemlich anstrengend gewesen, und Adam, dem Ranny herunterhalf, konnte sich nicht mehr beherrschen und stöhnte erleichtert. Ja, es war alles gut gegangen, hier stand er mit heilen Gliedern, aber hatte er sich nicht während dieses entsetzlichen Unternehmens ungezählte Male im Abgrund liegen sehen? Lieber hätte er es auf sich genommen, diesen beschwerlichen Weg zu Fuß zurückzulegen.

Er betupfte sich mit einem großen, weißen Taschentuch die Stirn. Nach einem heimlichen Blick in die Runde und nachdem er festgestellt hatte, dass niemand ihn beobachtete, tat er ein paar unbeholfene Schritte, ging vor und zurück und schüttelte seine langen, steif gewordenen Beine. Zum zweiten Mal seufzte er aus Herzensgrund. Er würde sie wohl wieder gebrauchen können! Und dann folgte er den Übrigen langsam mit zufriedenem Lächeln.

An einem der Fenster des Hauses tauchte für einen Augenblick das Gesicht einer Frau auf, und gleich darauf öffnete sich die Tür und ein Mann trat über die Schwelle.

»Er sieht unserem Töff-Töff ähnlich«, flüsterte Lissy, »nur ein bisschen älter scheint er zu sein, sein Schnurrbart ist schon ganz grau.«

Peggy nickte und sagte: »Hoffentlich ist er auch so nett wie Töff-Töff.«

Die Frau, die aus dem Fenster gesehen hatte, erschien jetzt hinter ihm, und während er bedächtig auf sie zukam, lief sie ihnen eilig und erfreut entgegen. Sie war klein, schwarzhaarig, mit großen dunklen Augen, und das rote Muster ihres Schultertuches leuchtete in der Sonne. Ranny und Mr. Potter, die das Ehepaar schon von früheren Aufenthalten her kannten, begrüßten beide herzlich und schüttelten ihnen die Hände.

Große Überraschung rief bei den Kindern die Tatsache hervor, dass sowohl der Mann als auch die Frau fließend Englisch sprachen. Bereitwillig lieferte die redselige Wirtin die Erklärung dafür: Sie und ihr Mann waren mehrere Jahre in Amerika gewesen, er als Gärtner und sie als Köchin.

»Köchin«, murmelte Adam und warf ihr unter halb geschlossenen Lidern einen Blick voller Verachtung zu.

Und Ranny, der die Situation sofort erfasste und dem nichts Gutes schwante, überlegte fieberhaft, wie sie wohl noch zu retten sei.

Alle lobten die schöne Diele mit den vielen großen

Fenstern, die sie jetzt betraten. Und beim Anblick des riesigen Kamins und des weichen Eisbärfelles davor sagte Peggy seufzend: »Jetzt müsste es Winter sein, das wäre gemütlich!«

Mr. Potter lachte. »Nun verlange nur nicht, dass wir jetzt einheizen.«

Das Gelächter, das die beiden ernteten, war allgemein, nur Adam verzog keine Miene.

»Hoho!«, lachte Señor Sandros, der Töff-Töff so ähnlich sah. »Hoho!«, lachte er, dass es dröhnte und die Kinder zusammenfuhren. »Ich dachte, ihr wärt im Augenblick mehr für Eis zu haben. Meine Frau versteht es ausgezeichnet zuzubereiten.«

Bei dieser Ankündigung wurde Adam blass, und er wirkte beinahe so, als schlösse er die Augen ganz. Eis, seine Spezialität!

Doch das sahen die Kinder nicht, denn sie waren gerade damit beschäftigt, die vielen Geweihe an den Wänden ringsum zu bewundern. Peggy, die fand, dass man das ebenso gut im Sitzen tun konnte, ließ sich aufseufzend in einen der tiefen, bunt geblümten Sessel fallen.

»Ich bin noch ganz lahm«, murmelte sie und Mr. Potter sagte: »Ja, ja, solch ein Eselsritt hat's in sich.«

»Wenn ihr euch ausruhen wollt, zeige ich euch eure Zimmer«, sagte die kleine Frau eifrig und machte eine einladende Handbewegung zur Treppe hinüber, die neben dem Kamin hinaufführte. Ein zartgrüner Läufer bedeckte die Stufen und das weiße, kunstvoll durchbrochene Geländer glänzte matt.

»Lass nur, Julia, das übernehme ich schon«, ließ sich Señor Sandros mit tiefer Stimme vernehmen. »Geh du lieber und kümmere dich ums Essen und vergiss das Eis nicht!«

Zum zweiten Mal wurde Adam blass. Wozu nur hatte er diese entsetzliche Reise unternommen?

Der Anblick des ganz verloren in der Diele Stehengebliebenen veranlasste Ranny, das Problem sofort zu lösen.

»Unser Adam ist auch ein ausgezeichneter Koch«, wandte er sich an Señor Sandros. »Wie wäre es, wenn Sie sich beide in der Sorge um unser leibliches Wohl abwechselten?«

Bei der erfreuten Antwort: »Aber sicher, ich bin froh, wenn ich mich einmal an den gedeckten Tisch setzen und Ferien machen kann«, kehrte Adams Farbe langsam zurück. Und mit dem Gedanken, diese, diese, wie hieß sie doch, ach ja, diese Señora Sandros mit seiner Kochkunst in Erstaunen zu setzen, stieg er gemessenen Schrittes hinter den anderen her die Treppe hinauf.

»Da sind Sie ja endlich«, rief Peggy, »sehen Sie nur, was für wunderhübsche Zimmer wir haben!«

VII
Tino fürchtet sich vor nichts

Etwa eine Stunde später, nachdem sie sich gewaschen und ausgeruht hatten, saßen sie alle um den großen, runden Tisch in der Diele versammelt. Da Adam den Vorschlag Señora Sandros', sofort mit der Hilfeleistung zu beginnen, hoheitsvoll nickend angenommen hatte und das Eis auf sein Konto ging, wagten sie es, das ausgezeichnete Essen der Haushälterin zu loben.

»Ich werde morgen gleich ins Dorf hinunter müssen«, sagte Señor Sandros nach einer Weile und tupfte sich den riesigen Schnurrbart mit seiner Serviette ab. »Ich muss neue Vorräte besorgen, man hat nämlich unseren, unseren …«

»Ja, denken Sie«, unterbrach ihn seine Frau hastig und aufgeregt, »stellen Sie sich vor, sie haben unseren Keller ausgeräumt!«

»Wer?«, fragte Mr. Potter verständnislos.

»Ja, wissen Sie denn nichts davon? Sie haben doch schon mehrere Kurgäste in den Bergen hier überfallen, eine richtige Räuberbande mit schwarzen Masken, grässliche Kerle!«

»So?«, war die gedehnte Antwort. »Das ist das Neueste, was ich höre.«

Die Kinder sahen einander verstohlen an, zogen es vor zu schweigen und überließen es Ranny, die nächste Frage zu stellen. »Kurgäste überfallen, sagen Sie? Haben sie ihnen irgendetwas getan?«

»Nein, man hat ihnen nur Geld und Schmuck abgenommen und sie dann laufen lassen«, sagte Sandros.

»Ziemlich gefährliche Gegend«, murmelte Mr. Potter und warf einen prüfenden Blick auf die fünf, die sich seltsamerweise so still verhielten. Sollten sie etwa von dieser Geschichte gewusst haben und deshalb so versessen darauf gewesen sein, hier heraufzukommen! Zuzutrauen wäre es ihnen schon.

Die Kinder bemühten sich sehr, diesem Blick standzuhalten und möglichst harmlos zu wirken. Sie starrten krampfhaft aneinander vorbei, um sich nicht zu verraten, und Peggy wurde langsam rot.

Mr. Potter wusste genug. Sie waren keine guten Schauspieler, die fünf.

»Die Polizei hat schon alles abgesucht«, berichtete Señor Sandros weiter, »aber die Bande ist wie vom Erdboden verschwunden.«

»Na, irgendwann wird man sie ja fassen«, sagte Mr. Potter und zu den Kindern gewandt: »Ihr dürft euch auf keinen Fall allein vom Haus entfernen, nur in Rannys oder meiner Begleitung, verstanden?«

Sie alle sahen sehr enttäuscht aus, wagten aber nicht zu widersprechen und nickten ergeben.

»Ja, und nun werden das Abendbrot und das Frühstück und Mittagessen morgen nicht sehr reichhaltig ausfallen«, sagte Señora Sandros entschuldigend und schüttelte bedauernd den Kopf. »Aber mein Mann kann heute nicht mehr ins Dorf, es würde zu spät werden. Und wir haben ja nicht gewusst, dass Sie kommen würden.«

Während dieser Ankündigung hatte Adam lautlos die Diele betreten, räusperte sich und sagte in das betretene Schweigen hinein, während er ein triumphierendes Lächeln nicht ganz verbergen konnte: »Wenn ich mir gestatten dürfte, an die Vorräte zu erinnern, die ich mitgenommen habe. Sie würden uns über ein paar Tage hinweghelfen.«

Der Beifall von Seiten des Ehepaares war ganz so, wie er ihn sich vorgestellt hatte, und Chris schrie: »Hurra, wir brauchen nicht zu verhungern!«

Mr. Potter lachte. »Ja, Adam, da haben Sie in weiser Voraussicht gehandelt.«

Doch dieses Lob wies Adam mit einer wegwerfenden Handbewegung zurück. »Es ist doch selbstverständlich, dass man alle Eventualitäten in Betracht zieht.«

»Even … Eventu …? Was ist denn das?«, fragte Peggy, und obwohl sie ausnahmsweise keines ihrer Zopfenden bearbeitete, war es ihr unmöglich, das schwierige Wort auszusprechen.

»Pass auf«, erklärte Larry, »wenn du zum Beispiel bei Sonnenschein einen Schirm mitnimmst, weil du denkst, es könnte vielleicht doch regnen, dann …«

»Ach so«, sagte Peggy und Chris meinte: »Quatsch, Adam kann hellsehen, das ist alles!«

Alle lachten, nur Ben war noch immer in Gedanken bei der Bande. Wie war es nur möglich, dass sie jedes Mal so spurlos verschwinden konnte? »Vielleicht verstecken sie sich in dem komischen Tal, in das man, wie es so schön heißt, nicht hinein kann«, sagte er plötzlich.

»Wer?«, fragte Lissy. »Ach so, du meinst die Räuber.«

Señor Sandros schüttelte den Kopf und strich sich über seinen Schnurrbart. »Nein, nein, das ist unmöglich, es gibt tatsächlich keinen Zugang.«

»Fragt nur den Ziegenhirten, den Tino«, mischte sich seine Frau ein, als sie den zweifelnden Ausdruck in Bens Gesicht sah. »Er haust dort oben mit seiner Herde und er kann euch zu einer Stelle führen, von der aus ihr das Tal und die steilen Felsen rundherum sehen könnt. Keine Menschenseele würde sich da hinunterwagen, nicht einmal eine Ziege.«

»Tino?«, fragte Peggy. »Ist das ein Junge?«

»Ja, ja«, nickte Señora Sandros, »so alt wie dein Bruder vielleicht. Im Winter zieht er hinunter ins Dorf zu seinen Eltern und den ganzen Sommer über lebt er da oben.«

»Ganz allein?«, fragte Lissy. »Ich würde mich fürchten.«

Señora Sandros lachte. »Der Tino fürchtet sich vor nichts, der nicht. Der kennt sich da oben aus wie kein anderer und außerdem hat er ja seine Ziegen.«

Dieser Unterhaltung waren Mr. Potter und Ranny mit steigendem Unbehagen gefolgt, denn sie wussten schon, was ihnen bevorstand und dass aus der Mittagsruhe nicht viel werden würde. Und tatsächlich, sie hatten richtig vermutet. Chris war der Erste, der den Vorschlag machte, Tino noch heute zu besuchen. Etwa eine halbe Stunde später standen sie alle vor dem Haus und die Haushälterin beschrieb ihnen zum soundsovielten Mal den Weg.

»Also, Sie müssen dort hinauf bis zu der großen Tanne, in die der Blitz eingeschlagen hat, Sie können sie gar nicht übersehen. Dann weiter den schmalen Pfad, der links abbiegt. Er ist ziemlich steil, aber kurz. Dann gehen Sie bis zur Quelle. Wenn Sie dort sind, pfeifen Sie am besten. Tino hat Ohren wie ein Luchs und hört das Gras wachsen.«

Sie winkten Señora Sandros noch lange zu und erreichten nach einiger Zeit die Tanne. Der Blitz hatte ihren Stamm von oben bis unten gespalten und geschwärzt. Die Sonne brannte heiß auf sie herab, als sie nun den schmalen, schattenlosen Felspfad bis zur Quelle hinaufstiegen. Aufatmend blieben sie stehen und die Kinder riefen im Chor nach Tino.

Das Trillern einer Blockflöte antwortete ihnen und bald darauf sahen sie jemanden in großen Sprüngen auf sich zukommen.

»Hallo«, sagten Mr. Potter und Ranny, »hallo, Tino.«

Sie hatten erwartet, einen durch das einsame Leben scheu gewordenen Jungen vorzufinden. Aber er lachte sie einen nach dem anderen freundlich an, und seine dunklen Augen in dem tiefbraun gebrannten Gesicht leuchteten vor Freude, während er sofort eifrig mit lebhaften Gesten auf sie einzureden begann.

Mr. Potter, Ranny und Larry spielten abwechselnd den Dolmetscher, denn sie waren die Einzigen, die ihn ein wenig verstanden.

Übrigens stand ein großer Geißbock neben ihm und starrte die Fremden misstrauisch an. Tino hatte dessen Hals umfasst und kraulte ihn zärtlich. »Er will uns sein Häuschen zeigen«, erklärte Larry, »also los.«

Sie stiegen hinter dem Jungen über die Felsen hinauf und bewunderten, mit welcher Sicherheit und Geschicklichkeit er vor ihnen herlief.

»Genauso sicher wie der Geißbock«, flüsterte Lissy. »Wie er wohl heißt?«

»Na, Tino«, kicherte Peggy, »das wissen wir doch.«

»Quatsch, ich meine den Ziegenbock. Larry, frag ihn doch mal.«

»Bulli«, sagte Larry gleich darauf, »er heißt Bulli.« Und die Mädchen kicherten wieder.

Die Hütte bestand aus nur einem einzigen Raum mit einem gemauerten Herd, einem Tisch und einem schmalen Bett.

Tino bot ihnen Milch und Ziegenkäse an, und die Kinder revanchierten sich, indem sie den von Señora Sandros und Adam in liebevoller Gemeinschaftsarbeit gefüllten Proviantkorb auspackten. Es schien, als habe Tino noch nie zuvor in seinem Leben etwas so Gutes gegessen.

Sie hockten auf den Stufen, und Bulli stand vor ihnen

und sah interessiert zu, während Tino erzählte, dass er ihn aufgezogen hatte, dass er nie von seiner Seite wich und sein treuester Freund sei.

Doch plötzlich wurde er unterbrochen, denn Chris schrie: »Ein Adler! Donnerwetter, ein Adler!«

Das große Tier kreiste ein paar Mal nicht weit von ihnen entfernt und stieß dann herab.

»Er hat irgendetwas in dem eingeschlossenen Tal entdeckt«, sagte Tino und Chris meinte: »Ich wollte, ich wäre auch ein Adler und könnte irgendetwas in dem eingeschlossenen Tal entdecken!«

VIII
Ein Büffel an der Wand

»Gar nicht schlecht«, murmelte Ben, der wieder an den Rauch denken musste, den er damals zwischen den Bäumen hatte aufsteigen sehen. Er war davon überzeugt, dass er sich nicht geirrt hatte. Vielleicht kannten doch ein paar Leute einen Zugang, vielleicht sogar diese Kerle.

»Frag ihn doch bitte mal, ob er uns zu der Stelle führen kann, von wo aus man das Tal sieht«, sagte er zu Larry gewandt.

Ja, das konnte Tino und er wollte es auch gern tun. Und ungefähr eine halbe Stunde später machten sie sich auf den Weg, er und Bulli an der Spitze.

Es ging steil bergauf und manchmal an tiefen Abgründen vorüber. Peggy hielt sich krampfhaft an Rannys Hand fest, hatte die Augen geschlossen und wagte es nicht einmal, eine lose Haarsträhne, die der Wind ihr ins Gesicht trieb, fortzustreichen. Sie fürchtete jede unnötige Bewegung.

Doch die Jungen und auch Lissy kannten derartige Gefühle nicht, und Mr. Potter musste sie ständig ermahnen, nicht zu unvorsichtig zu sein.

Hier oben gab es nur kahles Gestein. Endlich gelangten sie zu der Stelle, an der der Felsen steil abfiel und an der Tino und Bulli schon auf sie warteten.

Ranny nahm Ben und Chris beim Kragen, denn sie beugten sich neugierig weit vor. »Auf diese Weise würde ich nicht versuchen, mir die Gegend da unten anzusehen«, sagte er ärgerlich. »Und wenn ihr da gelandet seid, würdet ihr euch wohl kaum noch dafür interessieren.«

Peggy starrte entsetzt auf die beiden, umklammerte zur Abwechslung Mr. Potters Hand und hielt gleichzeitig Ben am Arm fest.

»Wie dicht der Wald da unten ist«, murmelte Larry. »Und sieht das da nicht wie Wasser aus? Die Bäume verdecken es beinahe, es muss ein Fluss sein.«

In angemessener Entfernung starrten sie alle in die Tiefe und plötzlich fragte Ranny: »Hast du schon einmal jemanden von dieser Bande gesehen, Tino?«

Tino schüttelte den Kopf. Nein, so weit kämen sie wohl nicht herauf, meinte er, und dann wüssten sie wahrscheinlich auch genau, dass er sich hier mit seiner Ziegenherde aufhielt, und sie wären sicher darauf bedacht, nicht entdeckt zu werden.

»Ob sie nicht vielleicht ihr Versteck da unten haben?«, fragte Ben.

Wieder schüttelte Tino den Kopf. Er hätte schon oft nach einem Weg gesucht, doch es gäbe keinen.

»Kommt«, sagte Peggy ungeduldig, »ich mag das Tal nicht, und ich möchte auch gar nicht da hinunter, es ist so dunkel und unheimlich.«

»Ach du«, murrte Chris, »keine Spur von Unternehmungsgeist, nur 'ne Menge Angst.«

»Sie hat ganz Recht«, sagte Ranny, »mir gefällt unser Jagdhaus auch besser.« Nach einem Blick auf seine Uhr fügte er hinzu: »Ich bin übrigens dafür, dass wir zurückgehen, es ist höchste Zeit. Señora Sandros und Adam werden schon auf uns warten.«

So machten sie sich also an den Abstieg. Nach einer Weile blieb Tino stehen, zeigte auf einen schmalen Pfad, der rechts abzweigte, und erklärte Mr. Potter und Ranny, dass man auch diesen Weg nehmen könne und dass er viel kürzer sei, nur etwas steiler.

Und weil es schon spät war, befolgten sie seinen Rat. Nach etwa einer Viertelstunde hörte die starke Steigung auf, der Weg wurde breiter, und dann sahen sie plötzlich vor sich eine große, dunkle Öffnung im Berg.

Erstaunt blieben alle stehen. »Was ist denn das?«, fragte Mr. Potter.

»Eine Höhle«, antwortete Tino. »Auf die Wände sind Tiere und Menschen gezeichnet.«

»Das wollen wir uns doch noch ansehen«, sagte Ranny, zog eine Taschenlampe hervor und leuchtete in das finstere Innere.

»Donnerwetter«, rief er, »kommt mal her!«

Neugierig drängten sich die Kinder um ihn und sahen einen riesigen Büffel reliefartig aus der Felswand gehauen. Das große Tier wirkte so lebendig im unruhigen Lichtschein, dass sie zuerst erschraken.

Der Strahl der Lampe huschte weiter, fiel auf andere

Tiere, auf Adler, Pferde, Ziegen und schließlich auf ein paar Männergestalten.

»Toll«, sagte Chris, »das Biest in der Mitte sieht aus, als ob es gerade auf uns zuspringen wollte.«

Peggy griff nach Rannys Hand. »Ich möchte lieber gehen, ich finde es unheimlich hier.«

Chris grinste, und Tino, der merkte, dass sich das kleine Mädchen mit den blonden Zöpfen fürchtete, erzählte, dass Bulli, den er einmal mit in die Höhle nahm, beim Anblick des steinernen Tieres die Hörner gesenkt hatte, um es anzugreifen.

Alle lachten und bewunderten Bullis Mut und Tino streichelte seinen alten Freund voller Stolz.

»An dem solltest du dir ein Beispiel nehmen, Peggy«, sagte Ben ernsthaft. »Wirklich, wenn du auch keine Hörner hast, dann hast du doch deine Rattenschwänze. Señora Sandros hat sie so fest geflochten, dass sie steif wie Spieße sind.«

Sie warf ihm einen vernichtenden Blick zu, kehrte ihm den Rücken und lief hinaus in den Sonnenschein, während ihr die anderen, noch immer lachend, folgten.

Und an der nächsten Biegung sahen sie endlich ein gutes Stück entfernt unter sich das Jagdhaus.

»Seht mal, wie der Schornstein raucht«, schrie Peggy. »Bestimmt kochen Señora Sandros und Adam etwas Gutes für uns zum Abendbrot.«

»So ein Fresssack!«, stöhnte Chris. »Denkt nur ans Essen und die wunderbare Aussicht sieht sie nicht.«

Aber Lissy schlug sich auf ihre Seite. »Von der Aussicht allein wird man schließlich nicht satt«, sagte sie lachend. »Mir knurrt der Magen übrigens auch schon.«

Doch diese Worte gingen unter im Trubel einer herzlichen Verabschiedung, denn Tino und Bulli trennten sich von ihnen an dieser Stelle, und die Kinder versprachen, bald wieder heraufzukommen. Sie sahen dem Hirtenjungen noch lange nach, wie er leichtfüßig neben dem Ziegenbock über die Felsen zu seiner Herde zurücklief.

»Schade, dass man sich nicht richtig mit ihm unterhalten kann«, sagte Ben bedauernd. »Haben Sie nicht vielleicht ein Wörterbuch, Mr. Potter? Dann könnten wir doch ...«

»Habe ich«, er nickte, »aber ich glaube, es ist besser, ihr nehmt ein bisschen Unterricht bei den Sandros'.«

Nach einer halben Stunde erreichten sie von neuem die große Tanne, die der Blitz gespalten hatte, und die Kinder rannten das letzte Stück den Berg hinunter, stürmten ins Haus und Adam, der gerade mit einem Tablett aus der Küche trat, wurde beinahe umgeworfen.

Kopfschüttelnd sah er den die Treppe hinaufjagenden Kindern nach. Ehe Ben im Badezimmer verschwand, drehte er sich um und rief: »Ich hoffe, Sie haben genug gekocht, wir führen nämlich eine Riesenheuschrecke namens Peggy mit uns.«

Adam lächelte ein wenig. Er war auf einem Maultier geritten, sollte er sich nun vor der Gefräßigkeit einer Heuschrecke fürchten?

Noch immer lächelnd ging er zum Tisch, um die

Schüsseln und Platten mit all den Herrlichkeiten auf dem schneeweißen Leinentuch abzustellen.

Das Abendessen wurde ein voller Erfolg für ihn, denn es ging ganz allein auf sein Konto. Señora Sandros hatte dankbar seine Hilfe angenommen, denn sie wollte gern noch ein paar Weißbrote backen.

Am Ende lehnte sich Larry in seinem Stuhl zurück und streckte die Beine weit von sich. »Ich kann mich nicht mehr rühren«, sagte er langsam. »Wenn Sie weiterkochen, werde ich Vater bitten, eine Rolltreppe einzubauen. Nach so einem tollen Essen hat man sie nötig.«

Trotz Larrys wenig gutem Benehmen wurden Adams Blicke keineswegs missbilligend, man konnte sie sogar eher als wohlwollend bezeichnen, und die Kinder stießen einander heimlich an und grinsten.

»Er ist auch nur ein Mensch«, flüsterte Larry.

Und Mr. Potter warf ihm einen schnellen Blick zu, zündete sich eine Zigarette an, und im Schein des aufflammenden Streichholzes sahen die Kinder, dass er ein Lachen kaum unterdrücken konnte.

IX
Mitten im dichten Nebel

Eine Woche ging vorüber mit strahlendem Sonnenschein. Ein steter leichter Wind sorgte dafür, dass es nicht zu heiß wurde, und alle waren zufrieden, dass sie nicht unter der Hitze, die nun wohl an der See herrschte, leiden mussten.

Hin und wieder unternahmen die Kinder in Begleitung Rannys und Mr. Potters einen Ausflug und richteten es beinahe jedes Mal so ein, dass sie bei dieser Gelegenheit Tino einen Besuch abstatteten. Einmal war sogar Adam mitgekommen, doch obwohl Señor Sandros ihm ein paar feste Stiefel geliehen hatte, kehrte er mit schmerzenden Füßen zurück. Von nun an verzichtete er darauf, sie zu begleiten, nicht zuletzt deshalb, weil Bulli anscheinend wenig Sympathie für ihn aufbrachte und unentwegt mit den Hörnern nach ihm zu stoßen versuchte.

In der übrigen Zeit faulenzten die fünf in Liegestühlen auf der Wiese, oder sie schossen mit Pfeil und Bogen nach der Scheibe, ein neuer Sport, den sie mit Begeisterung betrieben und zu dessen Ausübung Señor Sandros jedem einen Bogen angefertigt hatte.

Übrigens waren inzwischen neue Vorräte aus dem Dorf besorgt worden, und die Haushälterin erzählte völlig außer sich, dass sie von neuen Überfällen der Bande gehört hatte und dass man dort unten von nichts anderem mehr sprach.

Einige Touristen, die eine mehrtägige Wanderung unternommen und in einem Zelt übernachtet hatten, waren restlos ausgeplündert worden. Uhren, wertvolle Kameras, Geld und sogar das Zelt hatte man ihnen gestohlen. »Und die Polizei kann und kann dieses Gesindel nicht auftreiben«, schloss sie kopfschüttelnd.

Neben dem Schießsport widmeten sich die fünf mit großer Ausdauer einem anderen Hobby, und zwar der Erlernung der neuen Sprache, wobei ihnen einerseits das Wörterbuch Mr. Potters und andererseits die Bereitwilligkeit von Señora Sandros zu Hilfe kamen, die sie aber hin und wieder doch mit ihren unaufhörlichen Fragen zur Verzweiflung brachten.

Mr. Potter und Ranny begannen sich unsichtbar zu machen, wenn sie merkten, dass die Kinder ein neues Opfer suchten. Nur bei den Mahlzeiten, die sich die fünf gern für die Erweiterung ihrer Kenntnisse aussuchten, konnten und wollten sie das nicht, denn dann hätten sie ja auf die Produkte der Kochkunst Adams und Señora Sandros' verzichten müssen. Die beiden arbeiteten in der Küche friedlich zusammen, sparten nicht mit gegenseitigem Lob, tauschten Rezepte aus und überboten sich täglich in der Zubereitung immer anderer Gerichte. Die Kinder, Mr. Potter und Ranny ließen es sich gern gefallen.

Adam sonnte sich in seinem Ruhm und verlor mehr und mehr an feierlicher Gemessenheit, obwohl sein Benehmen natürlich noch immer tadellos war. Nur verwirrte es ihn neuerdings etwas, wenn die Kinder ihn in einer fremden Sprache priesen, sein knuspriges gefülltes Hähnchen zum Beispiel mit einem unverständlichen, unaussprechlichen Namen bedachten und er genötigt war, die Dolmetscherdienste Rannys oder Mr. Potters in Anspruch zu nehmen. Manchmal kam es zu nicht enden wollendem Gelächter, wenn irgendeiner ein Wort falsch aussprach oder anwandte. Einmal geriet Larry dabei ein Bissen in die falsche Kehle, sodass es lange dauerte, bis er endlich wieder Luft bekam, nachdem die ganze Tafelrunde ihm den Rücken geklopft hatte.

An diesem Nachmittag hatten sie sich vorgenommen, noch einmal zu der seltsamen Höhle mit dem Büffel hinaufzugehen.

Gleich nach dem Essen brachen sie auf, wie immer mit einem großen Proviantkorb versorgt.

Die Sonne brannte vom Himmel, und als sie endlich ihr Ziel erreicht hatten, setzten sie sich aufatmend ins Gras, um zunächst etwas zu trinken, denn sie waren alle sehr durstig geworden.

Erst als sie sich gestärkt hatten, gingen sie in die Höhle, um die riesigen Höhlenbilder von neuem zu bewundern.

Doch Peggy, die sich genau wie beim ersten Mal ungemütlich fühlte, lief bald wieder hinaus zu Ranny und

Mr. Potter, die neben dem Eingang lehnten und eine Zigarette rauchten.

Die Jungen und Lissy aber durchstöberten die Höhle von einem Ende bis zum anderen, und plötzlich rief Ben, während er mit der Taschenlampe den Boden ableuchtete: »Seht mal hier, seht mal die Fußspuren, die stammen nicht von uns!«

Wortlos starrten die anderen darauf. Es waren die Abdrücke von riesigen Stiefeln.

»Vielleicht sind es die von Tino?«, sagte Lissy endlich, selbst nicht ganz davon überzeugt.

Larry schüttelte den Kopf. »Nein, Tino hat kleinere Füße, außerdem trägt er Sandalen.«

»Ob sie vielleicht von dieser Bande stammen?«, fragte Ben leise.

»Du und deine Bande«, entgegnete Chris. »Die kommen nicht so hoch herauf. Die sind immer weiter unten, wo es was zu holen gibt, sozusagen fette Beute in Form von Touristen.«

Die anderen lachten.

Der Lichtkreis der Taschenlampe lag noch immer auf der Spur und noch immer starrte Ben darauf. »Aber von wem sollen sie sonst sein, möchte ich wissen.«

Larry zuckte die Schultern. »Es können ja auch andere Leute hierher kommen.«

Peggy erschien im Eingang und rief: »Ranny sagt, es wird Nebel geben, wir müssen uns beeilen, damit wir vorher noch zu Hause sind.«

Als die beiden Männer von Bens Entdeckung erfuhren, zeigten sie sich nicht sehr beeindruckt. »Wahrscheinlich sind es Fußspuren von irgendwelchen Dörflern«, meinte Mr. Potter.

»Vielleicht«, sagte Ben wenig überzeugt.

»Und nun kommt«, drängte Ranny. »Seht euch das mal an, die weißen Schwaden dort unten, es sieht aus, als ob sie den Berg heraufkriechen.«

Sie machten sich auf den Weg, und Ben, der plötzlich eine Stelle mit Walderdbeeren entdeckt hatte, blieb ein wenig zurück.

Er pflückte eine Hand voll, richtete sich auf und stand plötzlich mitten im dichten Nebel.

»Verrückt«, dachte er, »eben war es doch noch ganz klar.«

Er tastete sich zum Weg zurück, aber nach einer Weile verlor er die Orientierung und wusste nicht mehr, in welche Richtung er ging.

Einen Augenblick lang blieb er ratlos stehen und tastete sich dann langsam Schritt für Schritt weiter.

Und plötzlich sah er vor sich eine große schwarze Öffnung. Er war also im Kreis gegangen und stand von neuem vor dem Eingang zur Höhle.

»Es hat keinen Zweck«, dachte er, »ich muss warten, bis sich der Nebel verzogen hat.«

Er ging in die Höhle und hockte sich in eine Ecke, starrte auf die am Eingang vorüberziehenden Schwaden, gähnte und schloss die Augen. Er war müde und fröstelte in der Feuchtigkeit. »Hoffentlich sind Mr. Potter und Ranny nicht sauer«, dachte er.

Und plötzlich fuhr er hoch. Er hörte Stimmen! Sollten die anderen schon zurückgekommen sein, um ihn zu suchen?

Er richtete sich ein wenig auf, duckte sich aber augenblicklich wieder.

Die Höhle war erfüllt von fremden Stimmen!

Er sah die schemenhaften Gestalten einiger Männer und sein Herz begann wild zu schlagen. Ein Glück, dass er sich in diese dunkle Ecke verkrochen hatte. Um nichts in der Welt hätte er gewollt, dass die Fremden ihn entdeckten. Er konnte selbst nicht sagen, warum.

Er hätte gern gewusst, wie sie aussahen, aber es war zu finster.

Doch jetzt trat einer der Männer in den Eingang und starrte in den weißlichen Dunst. Der Mann war sehr groß, sehr schmal, und seine Füße waren nass und nackt. In der einen Hand hielt er ein paar schwere Stiefel, die er auf die Erde warf und dann anzog.

»Der Nebel verzieht sich«, rief er den anderen über die Schulter zu und Ben sah für den Bruchteil einer Sekunde sein hageres, tiefgebräuntes Gesicht.

»Wir können gehen«, sagte der Mann, »hoffentlich lohnt sich's heute.«

Ben saß wie erstarrt da.

Und als die letzte der schwarzhaarigen, verwegen aussehenden Gestalten verschwunden war, lehnte er sich aufatmend gegen die Wand.

Die Bande! Es war die Bande! Wie gut, dass sie sich ein bisschen mit der fremden Sprache beschäftigt hatten. Er hatte verstanden, was der Mann sagte: »Hoffentlich lohnt sich's heute.«

Er sprang auf. Aber woher waren sie gekommen?

X

»Achtung, der Büffel!«

Ben schlich vorsichtig zum Eingang. Der Nebel hatte sich beinahe ganz aufgelöst und von den Männern war nichts mehr zu entdecken.

»Ich muss mir die Höhle schnell noch einmal ansehen«, dachte er, »ich muss herausfinden, woher diese Kerle gekommen sind. Irgendwo an der Rückseite muss ein Eingang sein, vielleicht zu einer zweiten Höhle, wo sie das, was sie gestohlen haben, unterbringen. Die anderen werden Augen machen, wenn ich ihnen alles erzähle!«

Aber ehe er noch seine Taschenlampe angeknipst hatte, hörte er lautes Rufen.

»Ben, Ben! Wo bist du?«

Es war Rannys Stimme und Ben sah ihn ein Stück weiter unten auf dem Weg.

»Hier bin ich, hier. Ich habe mich verlaufen!«

»Beeil dich«, rief Ranny zurück, »ehe der Nebel wiederkommt!«

»Warten Sie doch«, schrie Ben, »ich habe eine tolle Entdeckung gemacht!«

»Du kommst sofort!«, rief Ranny ungeduldig. »Siehst du die dichten Schwaden da unten nicht? Diesmal verziehen sie sich nicht wieder so schnell, verlass dich drauf!«

Enttäuscht sprang Ben über die Felsen. Da war nichts zu machen, schade!

Bei Ranny angelangt, begann er, noch ganz außer Atem, zu erzählen, aber der, unruhig und nur darauf bedacht, das Jagdhaus möglichst schnell zu erreichen, hörte gar nicht zu.

Er hatte Bens Hand genommen und lief mit ihm den steilen Pfad hinunter.

Ben schwieg, denn bei dem eiligen Abstieg konnte er beim besten Willen nicht mehr sprechen.

Gerade noch zur rechten Zeit erreichten sie das Haus, gerade als die dichten, grauen Nebelschwaden von allen Seiten heranzogen und jede Sicht nahmen.

Ranny schlug die Tür zu und lehnte sich aufatmend dagegen.

»Wie das passieren konnte, ist mir schleierhaft«, sagte er. »Das hätte verdammt schief gehen können.«

»Tut mir furchtbar Leid. Aber ich habe nur ein paar Erdbeeren gepflückt und da stand ich plötzlich mittendrin in der Suppe.«

»Trotzdem, das begreife ich nicht.« Ranny wandte sich zur Treppe, trat dann aber schnell einen Schritt zur Seite, denn in diesem Augenblick stürmten die Kinder, von oben kommend, an ihm vorbei. Er war müde und abgespannt von der ausgestandenen Angst und Aufregung.

»Aber hören Sie doch, ich habe die Bande entdeckt!«, rief Ben ihm nach.

Ranny winkte ab. »Was für ein Unsinn! Ich muss mich übrigens erst einmal umziehen. Also, bis nachher.«

»Na, dann nicht«, murmelte Ben.

»Wo bist du nur gewesen?«, rief Peggy. »Und was ist mit der Bande?«

»Du hast sie doch nicht etwa gesehen?«, fragte Chris gespannt.

»Doch«, sagte er. »Ich habe etwas Tolles erlebt, etwas ganz Tolles!«

»Und was?«, fragte Lissy ungeduldig.

Alle drängten sich um ihn und er begann: »Ich stand ganz plötzlich mitten im Nebel und bin im Kreis gegangen. Und dann war ich auf einmal wieder vor der Höhle und bin hineingegangen, weil ich warten wollte, bis es wieder klar wurde. Dann bin ich ein bisschen eingenickt, und dann hörte ich Stimmen und die Höhle war voller Männer, und das war die Bande!«

»Nein«, flüsterte Lissy, »nein, du spinnst!«

»Es ist wahr, bestimmt«, beteuerte er. »Sie sind ins Gebirge gegangen und ich habe gehört, wie der eine sagte: ›Hoffentlich lohnt sich's heute.‹«

»Vielleicht waren es Jäger«, sagte Peggy mit großen Augen, eines ihrer Zopfenden im Mundwinkel.

»Jäger? Nein! Niemals! Ihr hättet die Kerle sehen sollen! Und das Allertollste ist, ich glaube, ich habe ihr Versteck entdeckt. Sie waren plötzlich da, plötzlich kamen sie irgendwo aus dem Hintergrund der Höhle, es muss dort einen Zugang vom Berg her geben.«

»Den müssen wir finden«, schrie Chris, »wir müssen sofort hin und suchen! Und was sagt Ranny dazu?«

»Ach, der«, entgegnete Ben wütend. »Erstens glaubt er mir sowieso nicht und zweitens hat er überhaupt nicht richtig zugehört.«

»Ranny, Ranny!«, riefen sie alle, als sie ihn nun die Treppe wieder herunterkommen sahen. »Ranny, Ben hat das Versteck der Bande entdeckt! Er hat sie gesehen!«

Dieses Mal hörte er aufmerksam zu und schon nach den ersten Sätzen winkte er Mr. Potter.

»Es ist doch kaum zu glauben«, sagte er, als Ben endlich schwieg und die beiden Männer erwartungsvoll ansah. »Geht dieser Bengel hier im Nebel verloren, nur, um eine solche Entdeckung zu machen. Und wir müssen ihm nach all der ausgestandenen Angst auch noch dankbar sein. Es ist doch kaum zu glauben!«

Ranny nickte. »Er wird Recht haben, wahrscheinlich sind es tatsächlich diese Leute gewesen, und wir müssen sofort nach dem Eingang suchen, am besten noch heute Nacht.«

»Und ich darf mit, ja?«, fragte Ben hoffnungsvoll.

»Wir gehen natürlich alle«, sagte Larry.

Mr. Potter schüttelte den Kopf. »Auf keinen Fall, viel zu gefährlich!«

»Aber ich habe doch alles entdeckt!«, rief Ben empört. »Das ist gemein!«

»Nimm doch Vernunft an«, redete Mr. Potter ihm zu.

»Wir haben die Verantwortung für euch übernommen und müssen euch wieder heil zu Hause abliefern. Außerdem erfahrt ihr alles schon noch früh genug.«

»So eine Gemeinheit«, murmelte Ben und sah ihm finster nach, als er nun mit Ranny zusammen die Treppe hinaufstieg, »so eine Gemeinheit!«

Die anderen versuchten ihn zu trösten, aber er hockte mit angezogenen Beinen im Sessel, hatte die Stirn gerunzelt und dachte anscheinend angestrengt nach.

»Und ich gehe doch mit«, sagte er plötzlich, sprang auf und grinste.

»Nein«, rief Lissy, »das darfst du nicht! Wir haben doch versprochen, nie allein fortzugehen!«

»Tu ich auch nicht.« Er grinste noch mehr. »Ich schleiche den beiden einfach nach, und niemand wird dann behaupten können, ich sei allein unterwegs gewesen.«

Die anderen lachten und Peggy sagte: »Du hast Einfälle!«

Und am Abend, als alle im Bett lagen, stand Ben an der einen Spaltbreit geöffneten Tür des vom Licht des Mondes schwach erhellten Schlafzimmers und lauschte.

Und plötzlich hörte er gedämpfte Stimmen, Ranny und Mr. Potter kamen den Flur entlang und stiegen die Treppe hinunter.

Er öffnete die Tür gerade so weit, dass er sich hindurchschieben konnte, und winkte Chris zu, der aufrecht in seinem Bett saß und ihm leise nachrief: »Mach's gut!«

Lautlos schlich er hinter den beiden Männern her und

blieb dann einen Augenblick im Schatten des Hauses, dicht an die Wand gepresst, stehen, um sie ein Stück vorausgehen zu lassen.

Nach einer Weile schlich er weiter, sich immer in einiger Entfernung haltend.

Die beiden Männer gingen den Weg hinauf, und sie bemühten sich, genau wie Ben, so wenige Geräusche wie möglich zu machen.

»Wenn wir den Eingang finden«, sagte Ranny leise, »benachrichtigen wir sofort die Polizei, und sie kann die Kerle festnehmen, wenn sie die Höhle verlassen wollen.«

Mr. Potter nickte. Dann blieb er plötzlich stehen und legte die Hand auf Rannys Arm.

»Was ist?«, fragte der.

»Nichts«, sagte Mr. Potter, nachdem er eine Weile angestrengt gelauscht hatte, »ich glaubte etwas gehört zu haben.«

Er hatte sich nicht getäuscht. Ein Stein war unter Bens Füßen ins Rollen geraten. Ben folgte den beiden so dicht er es wagen konnte und stand nun genauso unbeweglich wie die Männer vor ihm im Schatten eines Felsens.

Nach etwa einer Stunde hatten sie die Höhle erreicht, und Ranny und Mr. Potter verschwanden in dem Eingang, der im hellen Licht des Mondes lag.

»Nimm du die rechte Seite«, sagte Ranny und knipste die Taschenlampe an, »ich nehme die linke.«

Eine große Wolke schob sich jetzt vor den Mond und diesen Augenblick benutzte Ben, um in die Höhle zu

schlüpfen und sich hinter einem Felsvorsprung zu verstecken.

Er starrte auf den riesigen Büffel und dachte: »Phantastisch und unheimlich!« Und dann weiteten sich seine Augen.

Unter der breiten Brust des Tieres, zwischen dessen Beinen, bewegte sich langsam und stetig die Felswand. Wie von unsichtbaren Kräften wurde sie herausgeschoben und dann erschien seitlich in dem entstandenen Spalt das Gesicht eines Mannes.

Ben stand wie erstarrt da. Doch als der Mann sich nun geschmeidig durch den Spalt zwängte, schrie er: »Ranny, Mr. Potter, Achtung, der Büffel!«

Die beiden fuhren herum. Aber in diesem Augenblick wurde der Stein vollends zurückgestoßen und innerhalb weniger Sekunden waren sie von unheimlichen Gestalten umringt.

Sie stürzten sich auf die beiden Männer und überwältigten sie, ehe die überhaupt begriffen, was vorging.

»Bleib, wo du bist, Ben, und benachrichtige die Polizei!«, rief Mr. Potter, als er und Ranny durch die Öffnung gezerrt wurden.

Verstört sah Ben, wie sie alle in dem Eingang verschwanden und sich der große Stein langsam in seine alte Lage bewegte.

XI
Wohin führt der Gang?

»Ich muss hier sitzen bleiben und warten«, dachte Ben. »Ich muss hier bleiben und warten, vielleicht haben sie ja Verdacht geschöpft, dass noch jemand hier ist. Aber Mr. Potter hat Englisch gesprochen und sie haben bestimmt nichts verstanden. Sie werden denken, dass er mit Ranny gesprochen hat, aber warten will ich trotzdem, wenigstens eine halbe Stunde.«

Er hockte in dem finsteren Winkel und starrte auf die Leuchtziffern seiner Uhr. Der Zeiger schien zu schleichen, und nach zehn Minuten kam es ihm vor, als seien schon Stunden vergangen. Er hielt es nicht länger aus und schlich vorsichtig mit wild klopfendem Herzen zum Ausgang.

Und dann begann er wie gehetzt den steilen, steinigen Weg hinunterzujagen, er fiel, war in Sekundenschnelle wieder auf den Beinen und jagte in großen Sprüngen weiter.

Völlig außer Atem stand er endlich vor dem Haus, schloss mit zitternder Hand die Tür auf und schlich durch die Diele die Treppe hinauf in sein Zimmer.

Dort fand er alle auf Chris' Bett hockend, dicht aneinander gelehnt und schlafend.

Als er die Tür hinter sich zuzog, fuhren sie hoch und starrten ihn verwirrt an.

Aber dann sprang Larry auf. »Wie siehst du denn aus? Ist was passiert? Wo sind Ranny und Mr. Potter?«

»Gefangen!«, sagte Ben und ließ sich auf sein Bett sinken.

»Nein«, flüsterte Larry, »das ist doch nicht wahr.«

»Doch«, sagte er und begann hastig die ganze unheimliche Geschichte zu erzählen.

»Wir müssen sie befreien, sofort.« Larry stürzte in sein Zimmer, um sich anzuziehen.

»Du bist verrückt!«, rief Chris. »Was willst du denn gegen diese Kerle ausrichten?«

»Egal, ich gehe.« Larry knöpfte sein Hemd zu. »Weckt ihr Señor Sandros, er soll die Polizei benachrichtigen.«

»Macht ihr das«, sagte Ben zu den Mädchen gewandt. »Chris und ich gehen natürlich mit. Wir können ihn ja nicht allein lassen.«

Er riss die Schranktür auf, holte ihre Rollkragenpullover heraus, und sie knoteten sie sich um die Schultern. In der feuchten, kalten Höhle würden sie etwas Wollenes gebrauchen können. Dann liefen sie leise die Treppe hinunter und Lissy und Peggy starrten ihnen wortlos und verstört nach.

Die drei hasteten über die Wiese und weiter den steilen Weg hinauf, Ben nun schon zum dritten Mal an diesem Tag. Die Füße taten ihm weh und er konnte kaum noch mit den beiden anderen Schritt halten.

Inzwischen hatte sich der Himmel bewölkt und es wurde ein schwieriger Aufstieg in der Dunkelheit.

Etwa eine Stunde war vergangen, als sie endlich in die Nähe der Höhle gelangten. Beinahe lautlos schlichen sie weiter und plötzlich sah Ben hinter einem der Felsblöcke eine Gestalt auftauchen. Im Bruchteil einer Sekunde hatte er Chris und Larry ins Gebüsch gezogen und sie hockten dort mit wild klopfendem Herzen. War es einer von der Bande? Hatte er sie gesehen?

Von neuem kam der Mond hinter einer Wolke hervor, und in seinem fahlen Licht erkannte Ben, dass die Gestalt dort drüben ein Junge war.

»Tino«, rief er leise, »bist du es?«

»Ja«, kam die Antwort. »Eine Ziege ist mir weggelaufen, es ist immer dieselbe. Ich habe sie stundenlang gesucht. Aber was macht ihr hier mitten in der Nacht?«

Und nachdem sie ihm in wenigen Worten alles erzählt hatten, pfiff er leise durch die Zähne. »Ich komme mit, aber ich an eurer Stelle würde lieber auf die Polizei warten«, sagte er, während er die Ziege an einer Tanne festband.

»Wir können nicht warten«, sagte Larry. »Wer weiß, was sie mit Ranny und Mr. Potter vorhaben. Die Kerle sind ja in der Übermacht und die beiden können sich überhaupt nicht wehren.«

Sie gingen das letzte Stück bis zur Höhle hinauf, blieben einen Augenblick stehen und lauschten.

»Es ist niemand drin«, sagte Tino leise. »Ich würde es hören, auf meine Ohren kann ich mich verlassen.«

Trotzdem folgten sie ihm nur zögernd. Von neuem fiel das Licht des Mondes auf den steinernen Büffel und Chris flüsterte: »Ein grässliches Biest!«

»Pst«, machte Ben und dann ließen sie ihre Taschenlampen aufleuchten und begannen den Fels unter dem Tier abzutasten.

Aber sie fanden nichts, womit sie ihn hätten bewegen können, nicht das Geringste.

»Lasst mich mal ran«, flüsterte Tino und die anderen machten ihm Platz.

Eine Weile dauerte es, dann pfiff er wieder leise durch die Zähne. »Hier ist ein Griff, hier oben, direkt unter der Brust.«

Ben hockte sich neben ihn und zog daran.

»Warte«, sagte Tino und band ein Tau los, das er wie gewöhnlich um die Taille gebunden hatte, »ich knote es an dem Griff fest, dann können wir zusammen ziehen.«

Und dann fassten sie alle an und langsam begann sich der Stein zu bewegen. Einen Augenblick lang hielten sie auf einen Wink Tinos inne. Er presste ein Ohr gegen den schmalen Spalt und schüttelte den Kopf.

»Nichts zu hören.«

Von neuem begannen sie zu ziehen und dann gähnte ihnen der dunkle Eingang entgegen.

Sie leuchteten hinein, direkt in eine runde Öffnung im Boden. Aller Wahrscheinlichkeit nach führte von hier aus ein Schacht in eine tiefer gelegene Höhle.

Wieder lauschten sie, aber kein Laut drang zu ihnen.

»Da hängt ja ein Seil von der Decke«, sagte Ben plötzlich.

»Daran lässt man sich also herunter«, murmelte Larry und griff danach.

»Lass mich zuerst.« Ben schob ihn zurück. »Und du, Tino, bleib oben. Es hat keinen Zweck, dass wir alle gehen. Vielleicht kannst du uns so besser helfen, als wenn du mitgehst.«

»Gut«, Tino nickte, »ich hole dann gleich Männer aus dem Dorf.«

Ben hielt das Tau umklammert und verschwand langsam in dem Schacht. Tiefer und tiefer ging es hinab und er dachte verzweifelt: »Nimmt dieses Ding denn niemals ein Ende?«, denn allmählich wurden seine Arme lahm.

Aber dann entdeckte er schmale, in Abständen in die Wände geschlagene Stufen, auf denen seine Füße Halt fanden und auf denen er sich etwas ausruhen konnte.

Und dann stand er endlich auf festem Boden, ließ erleichtert das Tau los und tastete um sich. Und da kein Laut zu hören war, wagte er es, die Taschenlampe anzuknipsen, und sah, dass er sich in einer großen Höhle befand.

»Das kann auf keinen Fall das Versteck sein«, dachte er, als er den Lichtschein über den nackten Boden und die kahlen Wände gleiten ließ.

In diesem Augenblick sprang Chris neben ihn und gleich darauf Larry.

»Hier sollen die sich verstecken?«, sagte Larry nach einem schnellen Blick ringsum. »Nie und nimmer!«

Chris schüttelte den Kopf. »Nein, aber wo sonst? Wo sind sie nur geblieben?«

Von neuem leuchtete Ben in alle Winkel und Ecken, ging über den felsigen Boden, und seine Schritte hallten in der Höhle wider.

Langsam glitt der Lichtkegel über die Wände und erfasste plötzlich auf halber Höhe eine schmale Öffnung.

Schweigend starrten die drei hinauf und nach einer Weile sagte Ben leise: »Los!«

Sie sprangen auf einen schmalen Sims, der an der Wand entlangführte, und sahen durch den Spalt in einen engen Gang.

»Ich gehe als Erster«, sagte Ben und begann sich hochzuziehen und durch den Spalt zu zwängen. Der schmale Tunnel war finster, uneben und schien in vielen Windungen zu verlaufen und steil in die Tiefe zu führen.

Aber wohin?

XII
Der Fluss im Berg

Einer nach dem anderen begannen sie den engen Gang hinabzugehen und nach einer Weile blieben sie plötzlich stehen. »Was ist denn das für ein komisches Geräusch?«, fragte Ben leise.

Ein gurgelnder Laut, einmal stärker, dann wieder schwächer, drang aus einiger Entfernung zu ihnen.

»Keine Ahnung«, sagte Chris endlich. »Kommt, wir werden es ja sehen. Aber seid vorsichtig.«

Der gurgelnde Laut wurde stärker und stärker, schwoll zu einem Brausen an, und dann entdeckten sie, woher er kam. Es war Wasser, Wasser, das von oben herab in eine Höhle stürzte.

Fassungslos standen die drei davor. Ein Wasserfall im Berg, das hätten sie nie für möglich gehalten!

Die Höhle war dumpf und feucht, von einem feinen Sprühregen erfüllt und der Boden eine tiefe Mulde.

Sie starrten in die Höhe und Ben murmelte: »Wo das wohl herkommt?«

»Ich weiß es nicht«, sagte Larry, »aber eins weiß ich genau, nämlich dass sie hier unten nicht hausen.«

»Der einzige Ausgang ist der Tunnel, aus dem das Wasser abfließt«, überlegte Ben, ging näher heran und leuchtete hinein. »Ein richtiger Fluss, mitten im Berg«, murmelte er und starrte auf das schäumende, mit ungeheurer Geschwindigkeit dahinströmende Wasser.

»Hier können sie doch nicht weitergekommen sein«, sagte Larry und lehnte sich entmutigt gegen die Felswand, während Ben den Strahl der Taschenlampe am Rande des Flusses entlanggleiten ließ.

»Da ist ja ein Sims!«, schrie Chris. »Dann sind sie also doch hier weitergegangen!«

In Larry kam augenblicklich wieder Leben. »Los, kommt!« Er rannte durch den Sprühregen und sprang hinüber auf die schlüpfrige Kante.

»Pass auf!«, schrie Ben. »Pass auf!«

Auch er und Chris sprangen nun, leuchteten in den Tunnel und starrten schweigend auf das schäumende, quirlende Wasser, das weit hinten in der Dunkelheit verschwand und dessen Rauschen und Gurgeln von den Wänden widerhallte.

Vorsichtig machten sie sich auf den beschwerlichen Weg, neben sich in beängstigender Nähe das Wasser, das ihre Schuhe bald durchweicht hatte.

Ungefähr eine Stunde waren sie gegangen, als Larry plötzlich rief: »Hier wird es breiter, hier ist eine richtige Plattform!«

Sie atmeten auf, als sie sie endlich erreicht hatten und sich ein wenig ausruhen konnten. Und dann machte Ben eine Entdeckung. Er fand eine tiefe Nische, in der Säcke auf dem Boden ausgebreitet lagen.

Dicht aneinander gedrängt hockten sie sich darauf und Chris und Larry schliefen sofort ein. Auch Bens Kopf sank tiefer und tiefer, doch plötzlich fuhr er erschrocken hoch.

Stimmen wurden laut und ein unruhiger Lichtschein bewegte sich am Ufer des Flusses entlang. Und dann erkannte er ein paar Männer, die sich am äußersten Rand der Plattform zu schaffen machten.

Sie schienen etwas auf dem Wasser hinter sich herzuziehen, doch was es war, konnte er im Wechsel von Licht und Schatten nicht erkennen. Und gleich darauf verschwanden die Männer in dem Tunnel, aus dem die Jungen eben gekommen waren.

Ben packte gleichzeitig Larry und Chris bei den Schultern.

»Sie sind eben hier gewesen«, flüsterte er, »acht Mann. Wahrscheinlich gehen sie raus. Wir müssen sofort weiter.«

Chris und Larry waren aufgesprungen.

»Schade«, sagte Larry, »sicher ist die Polizei noch nicht da, sonst hätten sie die Kerle da oben gleich in Empfang nehmen können.«

Sie liefen zum Wasser, um ihren Weg auf dem Sims entlang des Flusses fortzusetzen, als Ben wie angewurzelt stehen blieb.

»Seht mal!« Der Schein seiner Taschenlampe lag auf einem seltsamen Boot, das an einem Felsenvorsprung festgemacht worden war. Es war breit und flach und tanzte auf den Wellen.

»Halb Kahn, halb Floß«, stellte Chris staunend fest. »Und wie kommt das Ding auf einmal hierher? Vorhin haben wir es doch nicht gesehen.«

»Das haben sie extra für uns gegen die Strömung heraufgeschleppt, damit wir jetzt bequem weiterfahren können«, meinte Ben grinsend.

Larry lachte. »Und das Beste ist, dass wir die Bande nicht so schnell wieder auf dem Halse haben, wenn sie den ganzen Weg zurücklaufen müssen. Übrigens, habt ihr auch solchen Hunger?«

»Erinnere mich nur nicht daran.« Chris stöhnte. »Wir waren Idioten, dass wir uns nichts zu essen mitgenommen haben.«

»Waren wir.« Larry nickte und fügte dann hinzu: »Also rein ins Vergnügen!« und sprang als Erster ins Boot.

»Hat einer von euch ein Taschenmesser dabei?«, fragte Ben.

»Ich«, sagte Larry, griff in seine Tasche und zog nicht nur das Gewünschte, sondern auch eine Tafel Schokolade hervor. »Ich wusste gar nicht, dass ich sie noch hatte«, sagte er und brach sie in drei gleiche Teile.

Und dann saßen sie auf den feuchten Holzplanken. Nachdem sie die Schokolade gegessen hatten, fühlten sie sich etwas gestärkt, und ihre Stimmung hatte sich ein wenig gehoben in dem Gedanken daran, ihr Ziel schnell und bequem zu erreichen.

Mit einem Schnitt machte Ben das Boot los. Es drehte sich wild um sich selbst und schoss dann in der Mitte der Strömung den Fluss hinab.

Die Jungen klammerten sich aneinander, um nicht hinausgeschleudert zu werden, und Chris rief: »Dass es so schnell gehen würde, hätte ich nicht gedacht!«

»Ich bin nur gespannt, wo wir rauskommen werden«, sagte Larry und kniete sich nieder, als das Boot sich jetzt von neuem mit rasender Geschwindigkeit zu drehen begann.

»Ich weiß es«, sagte Ben.

»Und wo?«, fragten Chris und Larry wie aus einem Munde.

»Im eingeschlossenen Tal! Wo sonst?«

XIII
Stimmen im Wald

Im Augenblick konnten die beiden nichts entgegnen, denn der Fahrtwind nahm ihnen den Atem.

»Glaubst du das wirklich?«, fragte Chris endlich.

Ben nickte. »Es muss ja so sein. Überleg doch mal, die Höhle mit dem Büffel ist in einem der Berge, die das Tal einschließen, und wir sind die ganze Zeit bergab gegangen.«

»Klar«, sagte Larry, »er hat Recht.«

»Wetten, dass das damals Rauch war zwischen den Bäumen? Ich habe doch gewusst, dass ich mich nicht geirrt habe.«

Mit unverminderter Geschwindigkeit, tanzend und schlingernd, jagte das Boot dahin.

Oft berührte es die Wände oder stieß an Felsvorsprünge, und nur manchmal, wenn das Gefälle für kurze Zeit aufhörte, glitt es ruhig und langsam dahin.

Und dann sahen sie plötzlich vor sich noch weit entfernt helles Licht. Es war Tageslicht! Bald würden sie den finsteren Tunnel hinter sich lassen!

Endlich schoss das Boot hinaus in den Sonnenschein und die drei schlossen geblendet die Augen.

Als sie sie wieder öffneten, sahen sie, dass sie geradewegs auf den Wald zufuhren, dessen dicht stehende Tannen hoch aufragten.

»Hoffentlich entdecken wir Ranny und Mr. Potter überhaupt in dieser Wildnis«, sagte Larry und starrte auf die hohen Bäume und das dichte Unterholz.

»Klar«, beruhigte Chris ihn. »Wenn wir erst das Lager gefunden haben, finden wir die beiden auch. Sie sind sicher irgendwo in der Nähe untergebracht.«

Sie hatten den Wald erreicht und waren plötzlich vom dämmernden Grün der Bäume umgeben.

Nach einer Weile mündete der Fluss in einen kleinen See, den er auf der anderen Seite verließ, um dann von neuem im Dunkel des Waldes zu verschwinden.

Ben stieß die anderen an. Zwei Blockhäuser standen unweit des Ufers und aus dem Schornstein des einen stieg blauer Rauch beinahe kerzengerade in die stille Luft.

»Das Lager«, flüsterte Larry.

Hastig dirigierte Ben das Boot auf das Land zu. Dann sprangen sie hinaus und warfen sich hinter dichtem Gebüsch auf den Boden. Hoffentlich waren sie nicht beobachtet worden!

Eine Zeit lang lagen sie da, ohne sich zu rühren, aber es zeigte sich niemand.

»Glaubst du, dass sie alle fort sind?«, fragte Chris endlich leise.

Ben schüttelte den Kopf. »Dann hätten sie kein Feuer gemacht.«

»Pst«, machte Larry.

Ein Mann war aus der Tür getreten. Er gähnte, reckte sich, setzte sich dann auf die Schwelle in die Sonne, und es dauerte nicht lange, und sein Kopf sank gegen die Wand.

»Wir warten noch ein bisschen, bis wir sicher sind, dass er eingeschlafen ist«, flüsterte Ben, »und dann schleichen wir hinter das Haus und verschwinden. – Los«, flüsterte er nach einer Weile und wollte gerade aufstehen, als Larry seinen Arm packte.

»Liegen bleiben, da ist noch einer!«

Ein Mann kam einen schmalen Pfad entlang, der auf die Lichtung führte. Er ging auf den anderen zu und gab ihm einen Stoß mit dem Fuß.

»Lass das!«, knurrte der wütend.

Der andere lachte. »Einen schönen Gruß von unseren Gefangenen. Ich war eben bei ihnen.«

»Und deshalb weckst du mich, du Idiot?«

»Deshalb und weil wir jetzt essen wollen«, sagte der andere, »komm.«

»Jetzt sind sie weg, los«, flüsterte Ben, und die drei krochen hinter den Büschen entlang bis zum Wald und verschwanden zwischen den Bäumen.

»Jetzt wissen wir wenigstens, in welche Richtung wir gehen müssen«, sagte Larry und richtete sich auf.

Sie liefen zwischen den Bäumen hindurch, bis sie auf den Pfad stießen, den der Mann entlanggegangen war.

Schweigend liefen sie eine ganze Zeit und endlich murmelte Chris: »Hoffentlich ist es nicht mehr so weit.«

»Hoffentlich«, sagte Ben und dann blieb er plötzlich stehen. »Ich habe etwas gehört!«

Sie lauschten und dann flüsterte Larry: »Mr. Potter!«

Die anderen nickten. Auch sie hatten dessen Stimme sofort erkannt.

Sie rannten weiter, gelangten zu einer kleinen Lichtung, und nun hörten sie auch Ranny sprechen.

In der Mitte der Lichtung war eine Grube, über die in schmalen Abständen dicke Baumstämme gelegt waren.

»Ranny! Mr. Potter!«, schrie Larry und stürzte als Erster darauf zu.

Einen Augenblick herrschte dort unten fassungsloses Schweigen und dann riefen beide Männer beinahe gleichzeitig: »Larry! Wie kommst du denn hierher?«

»Ben und Chris sind auch da«, sagte er, während sie schon begannen die Stämme beiseite zu räumen.

Es war eine schwierige Arbeit und es gelang ihnen nur unter größter Kraftaufwendung. Doch endlich konnten sich die Männer heraufziehen.

Ein paar Sekunden lang saßen sie schweigend und außer Atem am Rande der Grube, aber dann sprangen sie auf, und Mr. Potter schlug Ben auf die Schulter.

»Wenn wir dich nicht gehabt hätten«, sagte er langsam. »Tatsache, diesmal war es gut, dass du nicht auf uns gehört hast, sonst säßen wir jetzt noch da unten.«

»Stimmt«, bestätigte Ranny. »Und er hat sich übrigens

recht vernünftig benommen, dass er in seinem Versteck geblieben ist.«

»Was man von uns nicht behaupten kann«, sagte Mr. Potter. »Wir haben uns übertölpeln lassen wie Anfänger.«

»Es waren zu viele«, sagte Ben, »sie hingen ja an Ihnen wie die Kletten.«

»Trotzdem.« Ranny schüttelte den Kopf.

»Kommt, wir wollen lieber von hier verschwinden«, sagte Mr. Potter und nahm das Brot, das man ihnen als Tagesration gegeben hatte.

Sie legten die Baumstämme wieder über die Grube und gingen in den Wald, um dort erst einmal zu beraten, was sie nun tun sollten.

XIV
Glück gehabt

Sie setzten sich ins dichte Gebüsch, Ranny so, dass er den Weg überblicken konnte, und Mr. Potter teilte das Brot aus, denn die Jungen waren sehr hungrig.

Und dann erzählte Ben ausführlich, was geschehen war, nachdem er allein in der Höhle zurückgeblieben war. Dass sie sich nach seiner Rückkehr sofort auf den Weg gemacht hatten, dass Tino ihnen geholfen hatte, den Stein zu bewegen, dass sie die Männer im Tunnel gesehen hatten, und endlich von ihrer Fahrt mit dem Boot ins eingeschlossene Tal.

Ranny und Mr. Potter hörten staunend zu und dann fragte Chris: »Und wie wollen wir zurückkommen? Wieder auf demselben Weg?«

»Keine Ahnung«, murmelte Ranny. »Wenn sie bemerkt haben, dass wir verschwunden sind, werden sie natürlich den Tunnel bewachen.«

»Aber irgendwie müssen wir hier doch wieder raus«, sagte Larry.

Mr. Potter zuckte die Schultern. »Wir wollen mal scharf nachdenken, und wenn uns nichts einfallen sollte, müssen wir eben warten, bis wir herausgeholt werden.«

Alle schwiegen bedrückt und dann sagte Ben nachdenklich: »Wohin der Fluss wohl fließt? Irgendwohin muss er ja schließlich fließen.«

Mr. Potter nickte. »Ich weiß, was du denkst. Du denkst, dass er vielleicht unterirdisch durch die Berge weiterführt und dass wir auf diese Weise entkommen könnten. Möglich ist es natürlich, wir müssten es eben versuchen.«

»Einverstanden«, sagte Ranny. »Wenn wir gegessen haben, sehen wir nach, ob euer Floß noch da ist, und …« Er schwieg, beugte sich plötzlich vor und gab ihnen ein Zeichen, sich ruhig zu verhalten.

Zwei Männer kamen den Weg vom Lager herauf. Der eine trug einen Eimer in der Hand und der andere zwei von den runden Broten, die Ranny und Mr. Potter als Verpflegung bekommen hatten.

Atemlos starrten die Jungen zu den Männern hinüber. Gleich würden sie das Verschwinden ihrer Gefangenen entdecken!

Die beiden schoben einen der Stämme ein wenig beiseite, knieten sich dann an den Rand der Grube, sahen hinunter, sahen sich an, starrten wieder hinunter und begannen aufgeregt miteinander zu reden.

Dann sprangen sie auf, warfen einen schnellen Blick in die Runde und liefen den Weg, den sie gekommen waren, zurück.

Anscheinend verspürten sie wenig Lust, nach den Verschwundenen zu suchen und es auf einen Zusammenstoß mit ihnen ankommen zu lassen. Sicher schien es ihnen ratsamer, damit bis zur Rückkehr der Übrigen zu warten.

Die fünf verhielten sich ganz still, so lange, bis von den beiden nichts mehr zu sehen war, und dann lief Ranny und holte Wasser und Brot, das die Burschen vergessen hatten mitzunehmen.

»Das kommt uns gerade recht«, er grinste, »das heben wir uns für später auf.«

Mr. Potter nickte und meinte dann, die Jungen sollten sich noch etwas ausruhen, ehe sie aufbrachen.

So legten sie sich also ins Gras, sahen hinauf in die Baumkronen, und es waren noch keine fünf Minuten vergangen, da waren sie schon eingeschlafen.

Nach einer Stunde weckte Ranny die Jungen. Sie sprangen schlaftrunken hoch, doch sie fühlten sich trotzdem ein wenig erfrischt und gestärkt für den Weg, der nun vor ihnen lag.

Nach einiger Zeit erreichten sie den Fluss. Die beiden Holzhäuser standen verlassen in der glühenden Sonne, kein Rauch stieg mehr aus dem Schornstein, und von den beiden Männern war nichts zu sehen.

Sie beschrieben einen großen Bogen um die Häuser und krochen dann im Schutz des dichten Gebüsches zum Ufer, bis zu der Stelle, an der die Jungen das Boot zurückgelassen hatten.

Es war noch da!

Einer nach dem anderen sprang hinein und immer dicht am Land trieben sie langsam den Fluss hinab.

Mr. Potter, der sich einen langen, dicken Knüppel aus einem Ast geschnitten hatte, benutzte ihn als Paddel, dort wo das Wasser kein Gefälle mehr hatte.

Ruhig und sicher und ohne dass jemand sie bemerkte, waren sie bald ein gutes Stück vorangekommen und hatten die Lichtung weit hinter sich gelassen. Hier in der grünen Dämmerung war es angenehm kühl, und die Jungen richteten sich so bequem ein, wie es die Enge eben zuließ. Sie dösten ein bisschen und waren nach einer Weile beim gleichmäßigen Geräusch der gegen die Bordwand schlagenden Wellen eingeschlafen.

Sie wurden erst wieder wach, als der Wald sich lichtete. Die Sonne drang nun hier und da durch das Laub der Bäume und das Boot schwamm schnell mit der Strömung talabwärts.

Und dann mussten sie für einige Sekunden die Augen schließen, so hell war es plötzlich um sie herum nach dem Halbdunkel im Wald. Nach einer Weile sah Ben sich um.

»Ich möchte wirklich wissen, wohin der Fluss fließt«, murmelte er.

Ranny zuckte die Schultern. »Nach dem Stand der Sonne und meiner Uhr zu urteilen, scheint er einen großen Bogen gemacht zu haben. Es sieht beinahe so aus, als ob wir in die Richtung fahren, aus der wir gekommen sind.«

»Glaubst du das wirklich?«, fragte Larry. »Hoffentlich landen wir nicht wieder in der Nähe der Blockhütten.«

Ein Knacken im Gebüsch am Ufer ließ sie wenig später zusammenfahren.

Und voller Entsetzen sahen sie einen der beiden Männer und gleich darauf tauchte der zweite hinter ihm auf. Sie grinsten beide breit und dann rief der eine dem anderen etwas zu.

»Was hat er gesagt?«, fragte Ben atemlos.

Ranny und Mr. Potter warfen sich einen beunruhigten Blick zu und dann erklärte Mr. Potter zögernd: »Er hat gesagt: ›Lass sie nur fahren, dann sind wir sie auf alle Fälle bald los!‹«

»Und was soll das bedeuten? Verstehen Sie das?«

Mr. Potter schüttelte den Kopf. »Passt nur gut auf«, sagte er, »und achtet auf alles, was vor und hinter uns und rechts und links passiert. Wer weiß, wie sie uns reinlegen wollen.«

Sie kamen schnell voran und plötzlich sahen sie die das Tal einschließenden Felsen vor sich.

Das Gefälle wurde stärker und stärker und mit großer Geschwindigkeit näherten sie sich ihnen. Plötzlich begriffen sie, warum die beiden Männer so zuversichtlich gewesen waren, sie bald los zu sein.

Die Öffnung im Felsen war so niedrig, dass sie nur hindurchkommen würden, wenn sie sich tief duckten. An dem immer stärker werdenden Brausen erkannten sie, dass der Fluss als Wasserfall in den Berg stürzte.

»Springt!«, schrie Mr. Potter, und eine Sekunde später schoss das leere Boot mit immer größer werdender Geschwindigkeit auf den Berg zu, während die fünf zum Ufer schwammen.

»Versteckt euch hinter den Büschen«, befahl Ranny leise. »Wahrscheinlich kommen sie gleich, um zu sehen, ob ihre menschenfreundliche Hoffnung in Erfüllung gegangen ist.«

Und kaum hatten sie sich hinter den Sträuchern verborgen, als die beiden Männer am Rand des Waldes auftauchten. Sie mussten gerade noch beobachtet haben, wie das Boot in dem Spalt verschwand.

Die fünf sahen, wie der eine dem anderen auf die Schulter schlug und wie sie dann langsam zurückgingen.

»Diese grässlichen Kerle«, flüsterte Chris. »Nun glauben sie, dass wir alle ertrunken sind.«

»Umso besser«, sagte Ben. »Dann brauchen wir wenigstens keine Angst zu haben, dass sie den Eingang zum Tunnel bewachen.«

»Das stimmt!« Larry seufzte erleichtert auf. »Jetzt möchte ich nur, dass es einen Bums gäbe und ich in meinem Bett läge.«

»Ein recht verständlicher Wunsch«, fand Ranny lachend, »aber leider musst du erst einmal mit dem Felsen hier vorlieb nehmen.«

Sie lehnten sich alle gegen das warme Gestein, um in der prallen Sonne trocken zu werden, und Mr. Potter sagte: »Wir ruhen uns noch ein bisschen aus, und dann gehen wir hier am Fuß der Berge entlang zurück zum Tunnel.«

Und ein wenig später, als sie an dem Spalt vorüberkamen, in dem das Boot verschwunden war, blieben sie einen Augenblick stehen, starrten auf das gurgelnde Wasser, und Larry sagte langsam: »Glück gehabt, verdammt noch mal!«

XV
Wären sie doch schon hier

Unterdessen hatten Lissy und Peggy Familie Sandros geweckt und natürlich auch Adam.

Voller Entsetzen hörten die drei dem Bericht der Mädchen zu, und schon nach den ersten überstürzten Sätzen begann Señor Sandros sich in größter Eile seine Stiefel anzuziehen, um sofort ins Dorf hinunterzugehen und von dort aus die Polizei zu verständigen.

Seine arme Frau aber war völlig kopflos und jammerte unentwegt: »Nein, diese Jungen! Nein, diese Kinder! Sie hätten doch nicht allein gehen dürfen!«

Seltsamerweise verlor Adam die Ruhe nicht, dafür aber viel von seiner gemessenen Vornehmheit, und staunend sahen Lissy und Peggy, wie er eilig zwischen Küche und Diele hin und her lief, den Tisch deckte, Teewasser aufsetzte und ihnen hin und wieder beruhigende und aufmunternde Blicke zuwarf. Derartig beruhigende und aufmunternde, dass sie sogar auf Señora Sandros, der sie ja wohl nicht galten, ihre Wirkung nicht verfehlten. Und es dauerte nicht lange, so folgte sie seinem Beispiel und ging in die Speisekammer, um für ein gutes Frühstück zu sorgen, das sie jetzt wahrhaftig alle nötig hatten.

Draußen dämmerte es schon, als sie endlich um den Tisch versammelt saßen, und Lissy und Peggy waren sehr erstaunt, dass sie trotz ihrer Aufregung etwas essen konnten. Aber sich noch einmal hinlegen, wie die Haushälterin es ihnen vorschlug, wollten sie auf keinen Fall. Stattdessen hockten sie sich in die großen Sessel vor dem Kamin, und nachdem sie noch eine Weile miteinander geflüstert hatten, schliefen sie ein.

Sie erwachten vom Stimmengewirr vor dem Haus, und als sie zum Fenster liefen, sahen sie Tino und mehrere Bauern zusammen mit den Sandros' und Adam vor der Tür stehen.

Sie stürzten hinaus, und von Tino erfuhren sie, dass er und die Jungen tatsächlich den Eingang gefunden hatten und dass sie in den Berg hinuntergestiegen waren, während er ins Dorf gelaufen war, um Hilfe zu holen.

»Wir wollen gleich weiter«, schloss er, und als die Mädchen baten mitgehen zu dürfen, meinte Adam, dass es ratsamer sei, wenn sie es in seiner Begleitung täten.

So stiegen sie also hinter Tino und den Bauern den Berg hinauf, und Adam nahm seine Aufgabe als Betreuer der beiden Kinder so genau, dass er sie fest an der Hand hielt und sie nicht eine Sekunde lang aus den Augen ließ.

Wenig später sahen nicht nur Lissy und Peggy, sondern auch er atemlos zu, wie Tino den Stein unter der

Brust des Büffels bewegte und sich die dunkle Öffnung in der Felswand vor ihnen auftat.

Tino wollte sofort mit dem Abstieg beginnen, wurde aber von einem der Männer daran gehindert.

»Das ist nichts für so einen Jungen«, erklärte er, während er schon nach dem Seil griff.

Es kostete Adam viel Überredungskunst, die Mädchen zu bewegen, wieder mit ihm ins Jagdhaus zurückzukehren, da es, wie er meinte, viel zu lange dauern würde, bis die Männer wieder heraufkämen.

»Wir können ebenso gut unten auf sie warten«, sagte er ungewöhnlich streng.

Und so verabschiedeten sie sich von Tino, der vor der Höhle auf einem Felsen hockte und ihnen versprach, sofort Bescheid zu sagen, wenn er etwas Neues erfuhr.

Langsam und schweigend gingen die drei zum Jagdhaus zurück, und je höher die Sonne stieg, desto größer wurde die Hitze. Es war außergewöhnlich drückend und vollkommen windstill.

Als sie zu der Tanne gelangten, in die der Blitz eingeschlagen hatte, blieb Adam einen Augenblick stehen und fuhr sich mit dem Taschentuch über die Stirn.

»Man wird mit einem Gewitter rechnen müssen«, sagte er und zeigte auf eine schwarze Wolkenwand, die über den Bergen stand.

»Wirklich?«, fragte Peggy. »Glauben Sie wirklich?« Sie fürchtete sich sehr vor Gewittern und außerdem dachte sie sofort an die Jungen und Mr. Potter und Ranny. Hoffentlich fanden die Bauern sie, ehe das Unwetter losbrach.

Auch Señora Sandros empfing die drei mit einem Stoßseufzer. »Gut, dass ihr da seid!« Und sie fügte die Prophezeiung hinzu: »Heute gibt's noch was. Es ist so schwül, dass man kaum noch atmen kann.« Nach einem besorgten Blick in die erhitzten Gesichter der beiden Mädchen meinte sie: »Ich habe eine Obstkaltschale für euch gemacht und Eis steht auch noch im Kühlschrank.«

Dankbar löffelten Lissy und Peggy die kalte, erfrischende Suppe, und wäre nicht der Gedanke an die anderen gewesen, so hätten sie sich jetzt sehr wohl gefühlt.

Auch Adam schien sich noch immer große Sorgen zu machen. »Ich halte es für unbedingt erforderlich, ein warmes Essen zu bereiten«, sagte er plötzlich. »Die Jungen und die Herren werden hungrig wie die Wölfe sein, wenn ich mich so ausdrücken darf.«

»Natürlich!«, rief Señora Sandros eifrig. »Natürlich, Sie haben Recht, Adam, wir müssen ein gutes, kräftiges Essen kochen. Die Ärmsten müssen gleich etwas Ordentliches in den Magen kriegen.«

Sie bat die Mädchen, ihr in der Küche zu helfen, und flüsterte im Vorübergehen Adam zu: »Wenn sie etwas zu tun haben, kommen sie wenigstens auf andere Gedanken.«

»Sehr richtig«, sagte er, der, eine große weiße Schürze vorgebunden, mit der Zubereitung einer Majonäse beschäftigt war.

Inzwischen wurde es dunkler und dunkler, der Donner kam näher und näher, die ersten Blitze zuckten, und es begann zu regnen. Zuerst große, schwere Tropfen, doch dann stürzten Wassermassen vom Himmel, wie keiner von ihnen es je zuvor erlebt hatte.

Sie saßen in der Diele und starrten durch die Scheiben, vor denen der Regen wie ein grauer Vorhang herniederrauschte.

Beinahe pausenlos zerrissen die Blitze die Dunkelheit und der Donner krachte und hallte von den Bergen wider.

Peggy hatte den Kopf in ein Kissen vergraben, Lissy saß dicht an Señora Sandros gedrängt, und Adam stand am Fenster, noch immer die große Schürze vorgebunden.

Alle schwiegen und alle dachten dasselbe: »Wo mochten die anderen wohl sein?«

Und dann richtete Peggy sich plötzlich auf, starrte hinaus in das tobende Unwetter und flüsterte: »Was sie jetzt wohl machen? Oh, ich wollte, sie wären hier!«

XVI
Der Rückweg ist abgeschnitten

Nein, sie saßen keineswegs im Trocknen, das Unwetter überraschte sie auf ihrem Weg zum Tunnel.

Plötzlich wurde der Himmel schwarz über dem Tal, Blitze zuckten, Donner krachte, und ein Wolkenbruch stürzte hernieder, während der Sturm mit rasender Gewalt große Bäume entwurzelte. Die fünf standen ganz nahe am Eingang des Tunnels. Sie hatten gehofft, ihn noch vor dem Gewitter zu erreichen, aber es war unmöglich gewesen. Sie standen dicht an den Felsen gepresst unter einem schmalen Vorsprung und wurden trotzdem in wenigen Sekunden nass bis auf die Haut.

Es war unvorstellbar, welche Unmengen von Wasser vom Himmel herabströmten, und Ranny und Mr. Potter dachten mit Sorge daran, dass es wohl ein recht schwieriger Rückweg auf dem schmalen Felsensims entlang des Flusses werden würde.

Doch genauso plötzlich, wie das Unwetter gekommen war, verzog es sich wieder. Die schwarzen Wolken zerrissen und unter den Strahlen der Sonne begann das Tal zu dampfen.

Die Jungen schüttelten sich.

»Wir sind schnell wieder trocken«, sagte Ben und lachte zaghaft.

»Aber nicht lange«, meinte Ranny. »Im Tunnel werden wir sofort wieder nass sein von der Gischt. Seht nur, wie der Fluss angestiegen ist.«

»Hoffentlich kommen wir überhaupt noch zurück«, sagte Chris plötzlich und starrte auf die den Abhang hinunterstürzenden Wassermassen.

»So schlimm wird es schon nicht sein«, beruhigte Mr. Potter ihn.

»Ja, dann können wir uns also auf den Weg machen«, sagte Ranny, trat plötzlich einen Schritt beiseite und schob die Jungen hastig hinter das Gebüsch.

Mit ein paar langen Schritten war Mr. Potter bei ihnen und teilte vorsichtig die Zweige.

Dort drüben am Eingang des Tunnels tauchte zuerst ein Mann auf, dem mehrere andere folgten.

»Das sind die Kerle, die wir auf dem Weg hierher gesehen haben«, flüsterte Ben.

»Nun müssen sie wissen, dass jemand ihr Versteck entdeckt hat, weil das Boot weg war«, sagte Chris leise. »Hoffentlich fangen sie nicht an, nach uns zu suchen.«

In diesem Augenblick kamen die beiden anderen Männer vom Lager her den Abhang hinuntergelaufen und ein eifriges Hin- und Herreden begann.

»Jetzt berichten sie bestimmt, dass wir alle ertrunken sind«, sagte Ben. »Seht mal, der eine zeigt dorthin, wo der Fluss in den Berg stürzt.«

Sie sahen, wie die Männer nickten und dann zusammen zum Lager zurückgingen.

»Die sind wir los«, murmelte Chris. »Und jetzt brauchen wir keine Angst mehr zu haben, dass wir ihnen noch einmal begegnen.«

Es wurde ein schwieriger und gefährlicher Rückweg, denn der schmale Steg wurde ständig vom Wasser überspült. Sie gingen hintereinander, und einmal rutschte Larry ab, doch Ranny zog ihn sofort wieder herauf.

Am schlimmsten waren die Stellen, an denen sich die Decke dermaßen senkte, dass sie sich tief ducken und manchmal sogar über das schmale Sims kriechen mussten.

Endlich gelangten sie dorthin, wo sich der Sims zu der Plattform erweiterte. doch sie ruhten sich nur für kurze Zeit aus, da Mr. Potter drängte weiterzugehen, denn seltsamerweise stieg das Wasser, je höher sie kamen.

Der Fluss schäumte und brauste. Vorsichtig tasteten sie sich an der Felswand entlang, um nicht auszugleiten.

Mr. Potter ging voran und überlegte beunruhigt, in welchem Zustand sie die Höhle mit dem Wasserfall wohl vorfinden würden. Wenn ihnen nur dort nicht der Weg abgeschnitten würde, wenn sie nur dort erst vorbei wären!

Er beschleunigte sein Tempo und die Jungen stolperten erschöpft hinter ihm her. Das Wasser reichte ihnen nun schon bis zu den Knien, und immer reißender wurde der Fluss, je mehr sie sich der Höhle näherten.

Und als sie sie beinahe erreicht hatten, hörten sie

plötzlich ein Krachen und gleichzeitig ein ohrenbetäubendes Brausen. Mr. Potter hastete die letzten Schritte bis zum Ende des Simses und blieb dann wie erstarrt stehen bei dem Anblick, der sich ihm nun bot. Ein Teil der Decke hatte nachgegeben und der Wasserfall stürzte mit doppelter Gewalt herab.

Auch die anderen starrten stumm auf die vom schäumenden Wasser angefüllte Höhle.

»Unmöglich, da durchzukommen«, murmelte Ranny und sah mit zusammengezogenen Brauen hinüber zu dem rettenden Gang, den sie nun nicht erreichen konnten.

»Und was jetzt?«, flüsterte Chris.

»Wir müssen warten«, sagte Ranny und versuchte seiner Stimme möglichst viel Zuversicht zu verleihen. »Tino ist ja ins Dorf gegangen, um die Bauern zu holen, und Sandros verständigt die Polizei. Bis die hier ist, kann es natürlich noch eine Weile dauern, aber die Bauern kommen sicher bald.«

Nach diesen Worten wurde es den Jungen ein wenig leichter ums Herz, aber Mr. Potter machte sich immer größere Sorgen. Eigentlich hätte schon nach ihnen gesucht werden müssen. Warum kam niemand? Und dann fuhr ihm plötzlich der Gedanke durch den Kopf, dass man vielleicht schon hier unten gewesen war, den Sims am Fluss nicht entdeckt und so die Suche aufgegeben hatte.

»Ich werde versuchen hinüberzukommen«, sagte er schnell und leise zu Ranny gewandt. »Wenn ich es schaffe, besorge ich mir ein Seil. Wahrscheinlich werde ich da oben jemanden treffen. Sonst hole ich es mir aus Tinos Hütte. Ich werfe es euch zu und ziehe einen nach dem anderen herüber.«

Ranny schüttelte den Kopf. »Die Strömung ist zu stark!«

»Egal, ich sehe keinen anderen Ausweg«, sagte Mr. Potter, und unter den Blicken der ihm atemlos Zusehenden ließ er sich, mit den Füßen den Grund abtastend, ins Wasser gleiten.

Er tat ein paar Schritte, wurde plötzlich von der Strömung erfasst und schlug mit dem Kopf gegen den Felsen.

Entsetzt packte Ranny den Bewusstlosen, den der Sog mitzureißen drohte. Mit vereinten Kräften zogen er und die Jungen ihn auf den Sims und alle starrten verstört auf ihn hinunter.

»Er wird bald wieder zu sich kommen«, tröstete Ranny endlich die Kinder.

»Wir werden rufen«, sagte Chris plötzlich, »vielleicht hört uns jemand da oben.«

»Ach, das hat ja doch keinen Zweck«, murmelte Larry, und während Ben und Chris schon schrien: »Hallo, hallo!«, klimperte er unruhig mit ein paar Geldstücken in seiner Hosentasche. Plötzlich fühlte er einen harten Gegenstand zwischen den Fingern. Seine Trillerpfeife!

Die Trillerpfeife, die er sich in einer Bude am Strand gekauft hatte, die Adams ganzes Entsetzen bedeutete und die Tino so bewunderte, so sehr, dass Larry sich vorgenommen hatte, sie ihm zu schenken.

Er setzte sie an die Lippen und der schrille, durchdringende Pfiff ließ die anderen zusammenfahren. Mr. Potter öffnete die Augen.

XVII
Ein Tau fliegt durch die Höhle

Wie verabredet hatte Tino vor der Höhle gewartet. Nach einiger Zeit erschien Señor Sandros mit drei Polizisten, stieg mit ihnen zusammen hinunter, doch den Sims am Fluss entdeckten auch sie nicht.

Dann war das Gewitter heraufgezogen und Tino hatte sich in die Höhle geflüchtet.

Später, als der blaue Himmel wieder zwischen den Wolken hervorkam, sprach er mit den Bauern, die von einer ergebnislosen Suche im Gebirge zurückgekehrt waren.

In Gedanken versunken sah er ihnen nach. Er wunderte sich nicht, dass sie die fünf auch dort nicht gefunden hatten, denn er war fest davon überzeugt, dass sie irgendwo unten im Berg gefangen gehalten wurden.

Man musste ihnen doch helfen! Es ließ ihm keine Ruhe mehr! Er sprang auf, lief in die Höhle und mit Hilfe des Taues gelangte er hinunter und lief weiter durch den schmalen Gang.

Er hörte das ohrenbetäubende Brausen des Wasserfalls und stand endlich am Eingang der überfluteten Höhle.

Und dann hörte er plötzlich durch das Tosen einen anhaltenden Pfiff. Er wusste sofort, was es war: Larrys Trillerpfeife!

Er kniff die Augen zusammen und starrte durch den feuchten Nebel und die Gischt dorthin, wo er den Fluss vermutete, denn er wusste aus den Erzählungen der Bauern, dass er der einzige Weg war, der aus der Höhle führte.

Und dann sah er auf der anderen Seite schemenhafte Gestalten, die etwas Weißes über ihren Köpfen hin- und herschwenkten.

Tino winkte zurück und überlegte fieberhaft, was er tun könne, um zu helfen.

Ob es ihm gelingen würde, sein Tau bis dort hinüber zu werfen? So groß war die Entfernung schließlich nicht. Hastig wickelte er es ab und warf es dann mit kräftigem Schwung hinaus in die Höhle.

Es erreichte sein Ziel nicht und er versuchte es von neuem. Dieses Mal schien es jemand gefasst zu haben. Er merkte es daran, dass es sich straffte. Er täuschte sich nicht, es war Ranny, der es hielt.

Voll ungeheurer Aufregung hatten sie Tino in der Öffnung zum Gang auftauchen sehen.

»Wenn er nur an sein Tau denkt«, murmelte Ben.

Und dann sahen sie zu ihrer unsagbaren Erleichterung, wie etwas auf sie zugeflogen kam, bildeten nach dem ersten missglückten Wurf eine Kette, und Ranny stieg ins Wasser und hielt nach einigen Sekunden das Tau fest in der Hand.

»Geh du zuerst, Ben«, sagte er schnell. »Du bist nicht so schwer wie Mr. Potter oder ich, und du kannst Tino helfen das Tau zu halten.«

Ben griff danach und schon begann Tino es wieder hinüberzuziehen. Das Wasser reichte Ben beinahe bis zum Hals und manchmal schlugen die Wellen ihm über dem Kopf zusammen.

Aber dann war es geschafft! Atemlos ließ er sich auf den Felsen sinken, und Tino grinste ihn an, schlug ihm auf die Schulter und warf das Tau von neuem.

Und dann zogen sie mit vereinten Kräften Chris und Larry in den Gang und endlich Ranny und Mr. Potter.

Es ging alles sehr schnell und das war gut so. Immer wieder hatten die beiden Männer mit besorgtem Blick hinauf zur Decke gesehen, denn sie konnte jeden Augenblick vollends einstürzen.

Und tatsächlich, erst ein paar Schritte waren sie den Gang hinuntergelaufen, als sie von neuem ein ohrenbetäubendes Krachen und ein noch stärkeres Brausen hörten.

»Jetzt hat der Rest der Decke nachgegeben!«, rief Mr. Potter. »Beeilt euch, wer weiß, vielleicht wird der Gang auch noch überflutet!«

Sie hasteten weiter und merkten plötzlich, wie das Wasser ihnen nachströmte, aber nur ihre Füße wurden nass.

Einige Sekunden später zog Tino sich schnell und gewandt als Erster am Seil hinauf. Die anderen folgten ihm etwas langsamer, denn sie waren alle sehr müde.

Und als sie dann endlich das Sonnenlicht durch den Eingang der Höhle mit dem steinernen Büffel fallen sahen, stürzten die Jungen hinaus und ließen sich erschöpft ins Gras fallen.

»Keine zehn Pferde bringen mich jetzt noch einen Schritt weiter«, sagte Chris atemlos. »Kinder, Kinder, bin ich froh, dass wir das hinter uns haben! Oh, Tino, wenn du nicht gekommen wärst!«

Einen Augenblick lang schwiegen sie alle bei diesem Gedanken, doch dann griff Larry in seine Hosentasche, drückte Tino die Trillerpfeife in die Hand und sagte: »Nimm die erst mal, von meinem Vater kannst du dir bestimmt später etwas wünschen.«

Tino strahlte, und dann zeigte er plötzlich den Weg hinunter, auf dem mehrere Männer herankamen. Es waren Señor Sandros, ein paar Bauern und drei Polizeibeamte.

Beim Anblick der Verschwundenen blieben sie wie angewurzelt stehen, und dann berichtete Mr. Potter kurz, was alles geschehen war, und schloss breit grinsend mit den Worten: »Wenn die Jungen hier jetzt nichts zu essen bekommen, machen sie zu guter Letzt doch noch schlapp.«

»Aber ja, aber ja«, rief Señor Sandros, »meine Frau und Adam warten schon seit Stunden mit einer besonders guten Mahlzeit auf sie.«

Obwohl Chris vor kurzem noch behauptet hatte, dass

ihn keine zehn Pferde weiterbekämen, war er der Erste, der nun aufsprang, und auch der Erste, der die Tür zum Jagdhaus aufriss und in die Diele stürmte.

Peggy und Lissy, die für kurze Zeit ihren Platz am Fenster verlassen hatten, kamen, gefolgt von Señora Sandros und Adam, aus der Küche gelaufen und stürzten mit einem Begeisterungsschrei auf die Jungen zu.

Nach der stürmischen Begrüßung, bei der Señora Sandros Tränen vergoss und Adams Vornehmheit dahinschmolz wie Butter in der Sonne, eilten die beiden in die Küche, kamen schwer beladen zurück, und kaum hatten sie die Schüsseln auf den schon seit Stunden gedeckten Tisch gestellt, da füllten die Jungen ihre Teller derartig, dass Adam unter normalen Umständen einen Herzschlag bekommen hätte.

Endlich ließen sich die Jungen aufseufzend in ihren Stühlen zurücksinken.

»Das Beste, was ich bis jetzt in meinem Leben gegessen habe«, flüsterte Chris erschöpft. »Señora Sandros, Adam, Sie haben sich selbst übertroffen!«

Die beiden strahlten, doch ehe nun auch noch die anderen in Lobeshymnen ausbrechen konnten, beeilten sich die Polizeibeamten, endlich ihre Fragen zu stellen.

»Und die Bande ist also vollzählig dort unten im Tal?«, fragte der eine.

Mr. Potter nickte. »Ja, und Sie können ganz beruhigt sein, die sind dort sicherer als hinter schwedischen Gardinen. Ich nehme an, dass der Weg durch den Berg seit heute unpassierbar geworden ist. Die ganze Decke der

Höhle mit dem Wasserfall ist nämlich hinter uns heruntergekommen.«

»Wahrscheinlich wird Ihnen nichts anderes übrig bleiben, als den sauberen Verein mit dem Hubschrauber herauszuholen«, fügte Ranny grinsend hinzu.

Später erfuhren die Kinder, dass die Polizei diesen Rat tatsächlich beherzigt hatte. Aber da hatten sie das Jagdhaus schon verlassen, lagen im weißen Sand am Strand und aßen Eis von Töff-Töff.

»Hört mal zu!«, schrie Chris plötzlich und schwenkte die Zeitung, die ihnen der Eismann mit dem Hinweis, dass etwas Interessantes für sie darin stünde, gegeben hatte: »Hört mal zu! Sie haben sie aus dem Tal geholt, per Hubschrauber! Und die Kerle haben extra Bäume gefällt, damit er landen konnte! Stellt euch vor, sie haben sich abholen lassen, um eingesperrt zu werden, und müssen dafür noch dankbar sein.«

Er ließ die Zeitung fallen, ein leichter Windstoß erfasste sie und trieb sie den Strand entlang.

Enid Blyton

»Fünf Freunde«

bei C. Bertelsmann

Seit über fünfzig Jahren faszinieren die Abenteuer der fünf Freunde Anne, Georg (die eigentlich Georgina heißt), Richard, Julius und Tim, dem Hund, immer wieder neue Generationen junger Leser.

Band 1
Fünf Freunde erforschen die Schatzinsel
Band 2
Fünf Freunde auf neuen Abenteuern
Band 3
Fünf Freunde auf geheimnisvollen Spuren
Band 4
Fünf Freunde auf Schmugglerjagd
Band 5
Fünf Freunde beim Wanderzirkus
Band 6
Fünf Freunde auf der Felseninsel
Band 7
Fünf Freunde im Zeltlager
Band 8
Fünf Freunde geraten in Schwierigkeiten
Band 9
Fünf Freunde helfen ihren Kameraden
Band 10
Fünf Freunde auf großer Fahrt
Band 11
Fünf Freunde als Retter in der Not
Band 12
Fünf Freunde im alten Turm
Band 13
Fünf Freunde jagen die Entführer
Band 14
Fünf Freunde verfolgen die Strandräuber
Band 15
Fünf Freunde wittern ein Geheimnis
Band 16
Fünf Freunde auf dem Leuchtturm
Band 17
Fünf Freunde im Nebel
Band 18
Fünf Freunde und das Burgverlies
Band 19
Fünf Freunde und ein Zigeunermädchen
Band 20
Fünf Freunde und der Zauberer Wu
Band 21
Fünf Freunde machen eine Entdeckung

Kinderbücher ab 8

Die große Erfolgsreihe von

Enid Blyton

Die »RÄTSEL«-Serie bei OMNIBUS

Wer kennt es nicht, dieses herrliche Gefühl, wenn die Ferien endlich beginnen? Stubs, Dina, Robert und Barny, die Freunde aus der »Rätsel«-Reihe, können es jedesmal kaum erwarten, sich wieder zu treffen.
Ob Oster-, Sommer-, Herbst- oder Weihnachtsferien – ihnen ist nicht nach Faulenzen zumute, denn aufregende, spannende und manchmal auch komische Abenteuer sind zu jeder Jahreszeit zu bestehen.

Band 1 OMNIBUS Nr. 20188
Rätsel um das verlassene Haus

Band 2 OMNIBUS Nr. 20189
Rätsel um die grüne Hand

Band 3 OMNIBUS Nr. 20190
Rätsel um den unterirdischen Gang

Band 4 OMNIBUS Nr. 20191
Rätsel um den geheimen Hafen

Band 5 OMNIBUS Nr. 20192
Rätsel um den wandelnden Schneemann

Band 6 OMNIBUS Nr. 20193
Rätsel um die verbotene Höhle

Band 7 OMNIBUS Nr. 20194
Rätsel um den tiefen Keller

OMNIBUS

Der Taschenbuchverlag
für Kinder und Jugendliche
von C. Bertelsmann